KB070328

가만히 부르는 이름

가만히 부르는 이름

임경선 장편소설

한겨레출판

차례

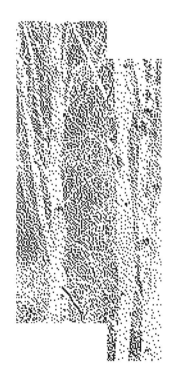

1

계절이 바뀌는 정확한 순간을, 수진의 짧은 반곱슬 머리 밑으로 드러난 목덜미에 닿는 찬 기운이 알려주었다. 에취. 재채기가 났다. 주말 아침, 파삭한 리넨 이불을 두 손으로 꼭 쥔 채 수진은 슬슬 보드라운 면 소재로 커버를 교체해야겠다고 생각했다.

"목 뒤가 차면 감기 걸리기 쉬워."

가을이 시작되면 동네의 다정한 이웃들은 오랜 시간 쇼트커트 머리를 고수해온 수진에게 이렇게 걱정 섞인 말을 건네곤 했다. 코끝까지 이불을 잡아 올려봐도 다시 또 재채기가 나자, 수진은 이번에는 아예 이불을 젖히고 상체를 일으켜 세웠다. 침대 옆 협탁에 올려둔 진회색 로브를 집어

파자마 위에 걸치고 깃을 한껏 세워 목덜미를 가린 후, 서랍장에서 무척 오랜만에 양말을 꺼내 신었다. 폭신폭신한 따스함이 찬 기운을 조금 몰아내주었다.

부엌으로 건너가 스테인리스 주전자에 물을 끓이며 생강차를 머그잔 가득 담았다. 티크 나무 테이블에 앉아 그 위의 어질러진 책과 잡지들을 차곡차곡 한쪽으로 정돈하면서 수진은 자신이 사는 공간을 가만히 내다보았다. 짙은 갈색의 원목마루와 은은한 진초록색 벽지로 마감한 거실, 탁 트인 베란다가 먼저 보였고, 거실 양쪽으로는 침실과 서재가, 욕실은 침실 옆에 숨은 듯 조용히, 일자형의 작은 부엌은 수진의 등 뒤에 있었다.

가구가 많은 것은 아니었다. 서른 중반이 되면서 이제는 정말 소중히 할 수 있는 것들만 조금 가지고 있으면 그것으로 충분하다고 생각하게 되었다. 언뜻 심플하면서도 세심한 곡선을 가진 미드센추리 모던 디자인의 가구들을 하나둘 모았다. 작업과 식사를 겸할 수 있는 타원형 티크 테이블, 모양이 제각기 다른 세 개의 의자(이곳에 이사 온 뒤로 생일 때마다 좋아하는 가구 디자이너의 의자를 하나씩 마련했다), 로즈우드 소재의 책장과 캐비닛, 그리고 군데군데 가죽이 바랜 호두나무 프레임의 검정 가죽소파는 시간을 묵힐수록 애정이 갔다.

아파트 1층 베란다 밖에는 방치되다시피 자란 참나무와 벚나무들이 울창하게 드리워져 있었다. 그 풍경이 마음에 들어 베란다 바깥 창을 없애고 캔버스 천으로 만든 해먹(hammock)을 설치했다. 춥거나 위험하지 않겠냐는 이웃들의 걱정에도, 수진은 고집을 꺾지 않았다. 바깥 풍경을 실내 깊숙이 들여오고 싶었다. 베란다 타일 바닥과 해먹 위에는 나무와 새가, 바람과 햇살이 서로 포개어진 흔적들이 새겨졌다가 사라졌다. 해가 지면 소파 옆에 둔 스탠드 조명을 낮은 조도로 켜고, 창밖에 자리한 조용한 어둠을 바라보며 밤을 보냈다.

건축이나 인테리어 관련 책과 잡지들을 보면 완벽하게 세련된 집들이 나왔다. 그곳에는 누구도 살지 않는 것 같았다. 어른도 아이도 개나 고양이도, 아니 어떨 때는 물건조차도 없는 것처럼 보였다. 집은 사람이 살고, 이야기가 켜켜이 쌓여가고, 정다운 사람들이 둘러앉아 함께 음식을 만들어 먹는 그런 장소여야 한다고 수진은 믿었다.

"집의 아늑함은 구조나 가구로 만들어지는 게 아니라,

사람들이 실제로 '생활'을 하고, 공간의 곳곳을 남김없이 사용하고, 뿌리를 내리려고 할 때야 비로소 주어지는 선물 같아요."

이런 말을 하는 수진을 두고 사람들은 할머니 같다고 놀렸다.

그녀가 사는 곳은 지은 지 30년이 넘은 아파트였다. 오래된 아파트는 낡고 불편하다고 사람들은 기피했지만 수진은 일부러 오래된 아파트를 골라서 들어왔다. 세월의 더께를 견뎌낸 존재만이 가지는 아름다움을 수진은 이해하고 있었다.

"아무리 그래도 너무 오래된 아파트면 불편하지 않아?"

이사 갈 집을 같이 보러 왔을 때 혁범은 직업병을 숨기지 못하고 빈집의 곳곳을 살펴보더니 안경을 콧등 위로 추켜올리며 미간을 찌푸렸다.

"유럽은 지은 지 100년 넘은 집이 기본이라고 말했던 분이 누구셨더라."

"여긴 유럽이 아니잖아."

거실 벽지가 몇 겹에 걸쳐 오염된 부분을 두 손가락으

로 두드리며 그가 덧붙였다.

"그리고 너는 어이없을 정도로 추위를 많이 타지."

우습게도 이제는 그런 말을 했던 혁범이 이 아파트를 더 좋아하는 것도 같았다.

실제 혁범의 우려대로 오래된 아파트에서의 생활은 불편한 게 많았다. 겨울엔 툭하면 수도가 얼어붙었고 한여름엔 물탱크 청소를 해야 한다며 최소 열흘씩은 온수 공급이 중단되었다. 윗집의 수도 파이프가 녹슬어서 아랫집 천장으로 물이 새는 일도 허다했다. 대신, 그런 불편함이 익숙한 만큼 이웃들은 좀처럼 서로에게 언성을 높이는 일이 없었고 경비원들은 느긋했다. 아파트 단지에 사는 길고양이 중엔 못 먹어서 마른 아이가 없었다. 근래에 지은 새 아파트들은 열매의 뒤처리가 곤란해서 감나무와 은행나무는 아예 심지도 않는다고 들었는데 여기엔 차고 넘쳤다. 그 샛노란 잎새와 대롱대롱 매달린 주황색 열매 없이 어떻게 이 계절을 가을이라 할 수 있을까. 베란다 해먹에 누워서 올려다보는 풍경은 '이 모든 것은 또 지나간다'라는 당연한 사실을 소리없이 알려주었다. 이제는 이곳을 나가서 사는 일이 잘 상상되지 않을 만큼 수진은 이곳에 익숙해지고 깊은 정이 들었다. 이토록 변화를 싫어하다니, 맙소사 어쩌면 나는 정말 할머니가 맞는지도 모르겠다, 고 수진은 생각했다.

*

무리하지 않고 하루 집에서 푹 쉬었더니 다음 날인 일요일 아침, 눈이 일찍 떠졌다. 감기 기운이 조금 남아 있었지만 정돈된 일상을 유지해야 안심이 되었다. 우선 이불 커버부터 교체했다. 드럼세탁기에 빨래를 돌린 후 세탁물을 탈탈 털어 자연 바람이 통하게 베란다에 널어놓았다. 저녁에 세탁물이 마르면 개켜서 수납을 해둘 것이다. 세탁기가 돌아가는 동안 바닥 청소를 하고, 냉장고 안의 상한 식재료를 추려냈다. 쓰레기를 버리고 와선 남은 식재료로 덮밥 같은 단출한 점심 식사를 해 먹었다. 스스로를 돌보고, 생활의 질서를 고수하는 일은 몸에 배어 있었다. 몸 컨디션에 상관없이.

일요일 오전의 루틴을 마친 수진은 가벼운 소재의 싱글 버튼 트렌치코트를 걸치고 현관 거울 앞에 잠시 섰다. 수진에게는 그녀만의 방식으로 사람들의 시선을 끌어당기는 힘이 있었다. 총명한 빛을 머금은 쌍꺼풀 없는 눈매, 작고 오뚝한 코, 윗입술보다 아랫입술이 더 두터운, 굳게 다문 입술. 부드럽게 각진 턱선이 군더더기 없는 짧은 커트 머리와 잘 어우러져 단아하면서도 똑 부러지는 분위기를 풍겼다. 만약 누군가의 얼굴이 한없이 밝거나 한없이 어둡기만 하다면, 그것은 비현실적이기 전에 매력이라는 측면에서 아쉬웠을 텐데, 수진에겐 나무가 드리우는 그늘만큼의 차분한 어둠과, 손쉬운 자기연민으로부터 자유로울 만큼의 힘찬 밝음이 함께 머물렀다.

주말에는 대개 차를 가지고 사무실로 갔다. 몸이 아주 피곤하거나 아프지 않은 이상, 다음 한 주에 벌어질 일들을 호젓한 사무실에서 미리 여유 있게 준비하는 것이 좋았다. 신호등에 빨간불이 켜질 때마다 수진은 잠시 운전대에 손을 올려두고 고개를 돌려 창밖을 보았다. 도심 거리와 옆차선의 버스는 한산했다.

사무실 건물이 저만치 보이기 시작했다. 거칠고 무기질적인 콘크리트 외벽이 도드라지는 저 29층짜리 고층 빌딩 12층에 입주하게 된 것은 설계사무소 공동대표인 혁범의 공이 컸다. 이 건축물은 혁범이 대형 종합건축사사무소에서 실무자로 담당했던 프로젝트였다. 높이 120미터 이상이거나 30층 이상으로 지으면 '초고층 건물'로 분류되어 건축법에 따라 피난층을 마련하고 별도의 구조 심의를 받아야 하는 등, 불리한 점들이 많았음에도 사무소의 윗분들은 더 높이 올리자고 회의 중에 건축주를 부추겼다. 부조리함을 견디지 못한 혁범은 끝내 중간에 끼어들어 자신의 '다른' 의견을 소상히 밝히고 말았다. 건축주는 만족했지만 혁범은 사무소 내에서 '내부고발자'라는 딱지가 붙었고 얼마 뒤 스스로 그만두게 되었다.

당시의 내막을 알고서 그랬는지는 모르겠지만, 혁범이 독립해서 설계사무소를 연다는 소식을 알리려고 인사를 다녔을 때, 건축주가 관대한 조건으로 먼저 입주를 제안했다. 종합건축사사무소의 옛 동료들은 뒤에서 질투 섞인 힐난을 보냈지만 혁범은 호의는 호의로 받아들여야 한다고 믿어 건축주의 제안을 고맙게 받아들였다. 그 무렵 샌프란시스코에서 설계 일을 하던 대학 동기 수찬과 의기투합, 그렇게 생겨난 설계사무소 '코드 아키텍츠'는 이제 스무 명 정도가 상시 근무하는 중규모의 설계사무소로 거듭났다. 수진은 코드 아키텍츠의 초창기 건축사 멤버였다.

지하 3층 주차장은 텅 비어 있었다. 주차를 하고 엘리베이터 타워 안으로 들어가려는데 입구 가까운 곳에 커다란 흰색 SUV가 세워져 있었다. 목이 늘어난 반팔 티셔츠에 캔버스 면 소재의 네이비색 앞치마를 두른, 마르고 키가 훌쩍 큰 청년이 목장갑 낀 손으로 트렁크에서 어마어마한 양의 식물들을 내려 화물용 엘리베이터 안으로 옮기고 있었다. '로비에 식재 작업을 하러 오셨구나.' 그가 혼자 애쓰는 모습을 물끄러미 바라보던 수진은, 가방을 엘리베이터 안 맨 구석에 놓고 와서 말없이 그를 따라 고무 화분들을 나르기 시작했다. 일에 몰두하느라 미처 수진을 보지 못했던 청년은 몇 분이 지나고서야 수진의 존재를 알아차렸다.

"아, 안 도와주셔도 괜찮은데요……."

얼굴을 조금 붉히며 그가 당황한 목소리로 말했다.

"별로 안 괜찮아 보이는데요?"

수진이 생긋 웃으며 대답했다. 주말에 나와 일하는 사람들을 수진은 심정적으로 가깝게 느꼈으니까.

청년은 잠시 멈칫하다가 수진을 말리는 대신, 아까보다 움직임에 박차를 가해 더 부지런히 화분을 옮겼다. 화분 두어 개가 남았을 때 수진은 고정시켰던 엘리베이터 문을 해제해놓고 마지막 식물을 나르는 그를 기다렸다. 화물용 엘리베이터 안은 어른 두 사람이 겨우 서 있을 자리만 빼고는, 초록빛 아이들로 꽉 차 있었다.

"고맙습니다, 정말로요."

청년은 맑고 투명한 눈망울을 깜빡거리며 수줍음과 미안함이 뒤섞인 표정을 지었다. 하지만 '죄송합니다'가 아닌 '고맙습니다'라고 말해주어서 좋았다.

로비의 거대한 통유리창 앞에 마련된 커다란 실내정원은 서늘하고 뾰족한 고층 건물에 부드러움과 온기를 주기 위해 처음 설계 때부터 고려된 사항이었던 것 같았다. 계절마다 조경 디자인을 한 번씩 크게 바꾸던데 오늘이 그날이구나, 라고 수진은 짐작하며 12층을 누르고서 조용히 1층을 한 번 더 눌렀다.

엘리베이터 문이 닫히고 지상으로 올라가는 동안, 수진은 그의 뒷모습을 가만히 바라보며 앞치마를 두르고 일하는 남자들을 생각했다.

목공소에서, 서점에서, 카페에서 그런 남자들을 간혹 보았다. 몸을 움직이면서 작업하는 남자들이다. 일을 하다가 옷이 더러워질 수가 있기에 앞치마를 입는 것이겠지만 그보다도 수진에게 일을 할 때 앞치마를 두른다는 것은 무언가를 진중하고 세심하게 준비하는 마음가짐처럼 느껴졌다. 앞치마를 두른 남자들은 그래서인지 대개 정직하고 무해해 보였다.

목덜미에 땀이 송골송골 맺힌 채 사방에 이름조차 알 길 없는 식물화분들을 끼고 엉거주춤 서 있는 그의 모습은 마치 쉼없이 재잘대는 꼬맹이들을 인솔해서 소풍을 가는 어린이집 선생님 같았다. 어쩐지 귀여워서 살며시 웃고 있는데 그의 느슨해진 앞치마 허리끈에 시선이 멈췄다. 수십 번도 더 몸을 구부리며 화분을 옮겨서였을 것이다.

"저기, 잠시 가만히 계셔보세요."

수진은 자연스럽게 몇 발짝 가까이 다가갔다. 땀이 배어 티셔츠가 조금 젖어 있는 게 신경 쓰였지만 그는 수진이 시키는 대로 최대한 가만히 서 있으려고 애썼다. 갑자기 그의 이마에 땀이 훅 맺힌 것도, 그의 속이 조금 울렁거린 것도, 그의 두 뺨이 아까보다 한결 빨개진 것도 알아채지 못하고, 수진은 그저 그의 등 뒤에서 앞치마 끈을 꼼꼼하게 묶는 데에 열중했다.

2

휴일의 '코드 아키텍츠'는 전체 조명이 꺼져 있는 걸 눈치채지 못할 정도로 충분한 밝기의 자연채광이 사무실 안을 비추고 있었다. 주 출입구에서 사원증으로 문을 열고 안으로 들어가면 복도의 양 끝으로 혁범과 수찬, 두 대표의 개인 오피스가 있었다. 안이 훤히 들여다보이는 유리 상자 같은 방이었지만 두 사람 다 좀처럼 블라인드를 내리는 법은 없었다. 개방적이고 수평적인 분위기를 원했던 두 사람은 직원 그 누구라도 자기 공간에 들어와 책장의 자료들을 자유로이 열람하고 빌려 갈 수 있게 해두었다. 이제 4년 차가 되어가는 '코드 아키텍츠'에서 수찬의 팀은 식음료 (F&B) 공간, 혁범의 팀은 오피스 디자인을 주축으로 영역을 확장해나갔다. 특히, 혁범이 진행하는 오피스 디자인은 매번 건축주들에게 조직의 혁신을 제안하는 것과도 다름이 없었는데, 혁범이 일을 좋아하고 잘하는 사람이었기에 그의 설계는 늘 취향이 아닌 논리로 건축주를 설득할 수 있었다.

복도 끝에 다다르기 전 오른쪽으로 몸을 틀어 자신의 공간으로 가려던 수진은 혁범의 오피스에서 나는 인기척에 걸음을 멈췄다.

혁범은 옥스퍼드 셔츠에 운동화를 신은 채 오른손으로 턱을 괴고 앉아 골똘히 생각에 잠겨 있었다. 책상에 펼쳐놓은 도면이 보였다. 주말 출근이라 캐주얼한 옷을 입고 있었지만 언제나처럼 청결하고 깔끔한 옷매무새를 유지했다. 그는 과하지 않은, 자신에게 어울리는 옷을 고를 줄 알았는데, 서 있거나 앉아 있는 자세가 반듯해서 다른 사람보다 더 단정해 보이기도 했다. 가느다란 은색 안경테 너머로 보이는 그의 작은 두 눈이 내뿜는 총기 가득한 눈빛을 수진은 몹시 사랑했다. 그것은 그가 진지하게 몰입하고 있다는 신호였다. 매달 마지막 주 일요일이면 꼬박꼬박 이발을 하러 가는 그가 아무것도 바르지 않은 조금 길어진 머리로 출근한 걸 보니 아마 오늘은 일을 마치고 머리를 자르러 가겠다 싶었다. 부드러운 머릿결이 이마를 많이 가려서인지 오늘은 앳된 대학원생처럼 보이기도 했다. 지난번에 만났을 때 한창 고민하고 있던 보행자와 차량의 동선이 겹치지 않게 건물로 진입하는 방법을 골몰하는 중이었을까. 수진은 그를 방해하고 싶지 않아 인사를 생략하고 소리를 흡수하는 카펫 바닥을 조용조용 걸어 지나갔다.

수진은 다음 주에 있을 건축주와의 두 번째 미팅에서 제안할 첫 설계안을 매만지고 있었다. 클래식 음악가가 운영하게 될 브라세리(brasserie) 식당을 위한 설계였다. 작고한 부모로부터 물려받은 이 토지는 한 가지 중요한 문제를 떠안고 있었다. 골목 맨 깊숙이에 위치해 있을 뿐 아니라 가파르게 경사진 지형을 가지고 있었던 것이다.

"이렇게 접근성이 떨어지는 곳에 식당을 낸다고요?"

수진의 후배인 재원은 첫 미팅을 함께 다녀와선 고개를 절레절레 흔들었다. 수진의 생각은 조금 달랐다.

"그 한계가 사람을 창의적으로 만들고 문제를 해결해주는 열쇠가 되어줄 거야. 가파르게 경사진 지형에 왜 보편적인 건물을 짓는 것만 상상하지? 우리, 이 한계를 기회로 생각해보자."

그렇게 해서 식당 앞에 계단을 직접 디자인해서 설치하는 아이디어를 냈다. 그 대신 혼자 화려하게 튀는 것은 지양하고자 주변의 고즈넉한 주택가와 층고를 맞추는 데 신경 썼다. 건물은 2층으로 신축하고 외장은 갈색 벽돌, 내장은 목재와 다양한 결의 화이트를 사용했다. 1, 2층의 식음료 공간은 조명에 특히 신경을 써서 영업시간 이후에도 마치 공연 전의 연극무대처럼 창밖으로 아름답게 드러나게 했다. 기다랗고 비좁은 골목 맨 안쪽에 위치해 있어도 먼발치서 그곳을 보게 되면, 마치 액자 속 예술 작품에 빨려들어 가듯, 발걸음이 저절로 나아가 가까이서 보고 싶은 마음이 들도록. 골목 구석이라는 위치를 단점이 아닌 흥미로운 여정으로 만들어 마지막 끝에 도달해가는 기쁨이 되도록. 아름다움을 중시하는 음악가도 그 제안에 수긍해서 건축설계와 더불어 인테리어도 함께 수진에게 맡기기로 했다. 그것은 애초에 '코드 아키텍츠'의 기본 운영 방침이기도 했다.

"실외와 실내는 유기적으로 연결되어 있어서 따로 생각할 수가 없지."

그녀가 후배들에게 늘 강조하는 말이었다. 수진은 창문의 위치나 창문 프레임의 두께, 문과 손잡이, 욕실 타일, 조명 등 세부적인 디테일 하나하나가 공간의 성격을 규정한다고 확신했다.

"왔어?"

입맛이 없어 사과 반쪽을 겨우 먹고 나온 수진이 조금 허기지다 싶을 무렵, 혁범의 나지막한 목소리가 불쑥 들려왔다. 중간 키에 마르지도 살이 찌지도 않은, 테니스로 단련한 군살 없는 몸이 수진의 공간 안으로 들어왔다. 우드 계열 향수의 향기가 익숙했다.

"집에서 쉬지, 왜 나왔어."

"왜 나오긴요. 일이 있으니까 나왔지."

수진은 잠시 자료에서 눈을 떼고 파티션 옆에 기대선 혁범을 올려다보았다.

"감기 걸렸어? 계속 재채기 소리 나던데."

수진은 자신을 뚫어져라 보는 혁범의 눈을 지나쳐 시계를 슬쩍 보았다. 시침이 어느새 5시를 향해 가고 있었다. 수진은 고개를 옆으로 살짝 갸웃했다.

"응. 어제부터 좀. 환절기 감기일지도요."

"일은 내일 마저 해도 되지? 나가자. 넌 밥 먹고, 난 머리 깎고."

혁범은 언제나처럼 부드럽게 단호했다. 세상에는 처음부터 그렇게 태어난 이들이 있었다. 목소리를 높이지 않아도, 표정 변화 하나 없이도 크고 작은 모든 것들을 자신이 정한 대로 조용히 밀고 나가는 사람.

*

두 사람은 사무실에서 두 블록 거리에 있는 한 한식당의 별실에서 마주 보고 앉았다. 가끔 야근을 마치고 둘이서 먹으러 오곤 하던 곳. 자리 잡고 앉은 지 얼마 되지 않아 식당 주인이 커다란 먹색 뚝배기를 조심조심 두 사람 앞에 내왔다. 수진은 고개를 숙여 팔팔 끓는 뽀얀 국물의 수증기를 쐬었다.

"그런데 이 집 메뉴에 삼계탕이 있었나?"

사무실 밖에서 수진은 자연스럽게 존대를 뺐다.

"내가 해달라고 따로 부탁했어. 어서 먹어. 아프면 곤란하지."

부족함 없는 환경에서 잘 컸다는 것, 속되게 말해서 곱게 자란 티, 라는 것은 의외의 상황이나 장소에서 매우 세밀하게 드러나는 법이다. 가령 가게 주인들을 다루는 것. 혁범은 그들에게 여지없이 예의 바른 모습을 보였고 결코 무리한 요구를 하지 않았다. 하지만 주인들이 혁범의 욕구를 늘 예의주시해서 알아서 먼저 맞춰주었다.

'그러고 보니 지금 내 나이가 처음 보았을 당시의 이 사람 나이네.'

세월의 흐름에 말문이 막혔다. 수진은 다다를 수 없을 것만 같았던 어른의 나이를 자신이 갖게 된 게 신기했다. 내가 그의 나이가 되어서도, 이 남자는 아직도 이토록 가까이에 있다니. 인생은 무수한 아이러니로 가득 차 있었다.

*

수진이 일하던 설계사무소로 전직해 오던 날도 혁범은 오늘처럼 하늘색 셔츠를 입고 있었다. 그날은 깅엄체크무늬 셔츠였다. 대형 종합건축사사무소에서 왔다던 그는 꼭 필요한 경우를 제외하고는 말을 아꼈다. 설계사무소의 프로젝트는 혁범을 포함해 네 명의 실장을 주축으로 진행됐고, 대표 건축가인 소장은 전체를 관장하면서 영업에 더 신경을 썼다. 한 실장은 활달했고, 다른 실장은 다정했고, 나머지 실장은 같은 여성이었는데, 하필 무뚝뚝하고 외골수로 보이는 혁범을 팀장으로 두면서 처음에는 여러모로 답답했었던 걸 수진은 기억해냈다. 분명 배울 점이 많은 상사였지만 지나치게 워커홀릭이었으며 팀원에게 시킨 일이 자기 기준에 조금이라도 미흡해 보이면 아무 여지도 주지 않고 싹 다시 하도록 지시해서 모두를 질리게 만들었다. 살가움과는 분명 거리가 멀었던 당시에 비하면, 이렇게 아플 때 몸을 챙겨주는 지금 이 순간이 불가사의했다.

이제는 그가 말수가 적은 이유가 일에 무아지경으로 집중하기 때문이란 것을 안다. 일에 대해서 무섭도록 집요한 것도 동료나 건축주를 상대로 그런 게 아닌, 자기 스스로에 대해서라는 걸 안다. 다른 사람들과 있으면 매섭고 날카롭게 보이지만 혼자 있을 때는 방심한 어린아이의 표정으로 쉬이 바뀐다는 것도 알았다. 그런 표정을 짓고 있다는 사실을 그가 전혀 모른다는 것도. 평소 말수가 없는 그가 건축 얘기가 나오면 들떠서 말이 많아지다가도 갑자기 말을 멈추고 눈의 초점이 흐릿해지면서 생각에 깊이 침잠하는 버릇이 있다는 것도 알게 되었다. 시간을 오래 들여서 해야 하는 건축 일은 사람을 철학하게 만드는 면이 있었다. 잠시 다른 세계에 가 있는 동안에만 짓는 그의 천진한 표정을 오로지 자신만 아는 것 같아서, 수진은 그것을 몹시 사랑스럽게 여겼다. 그러다가도 혁범은 아차, 하는 표정으로 다시 현실 세계로 돌아와 하던 말을 이어갔다. 그때마다 수진은 그의 머릿속에 한번 들어가 살펴보고 싶다는 욕망을 느꼈지만, 결국엔 곁에서 그 모습을 오래도록 바라보는 역할에 만족하기로 타협했다.

*

월요일 아침 출근길에 건물 안으로 들어선 수진은 새로이 조경 작업을 마친 실내정원을 발견하고 작게 탄성을 내뱉었다. 가까이 다가가서 보니 어제 엘리베이터에 옹기종기 끼여 있던 초록색 아이들이 무사히 새 둥지를 틀고 얼굴을 환히 치켜들고 있었다. 예전 실내정원이 시원시원한 대형 관음죽이나 고무나무류가 중심인 도회적인 분위기였다면, 새로 바뀐 정원은 초지 식물과 야생초와 들꽃들이 어우러져 마치 어린 날 뛰어놀던 뒷동산의 정겨운 풍경을 상기시켰다. 풀 내음이 섞인 흙냄새도 풍겼다. 이름을 아는 풀과 꽃은 하나도 없었지만 그것은 별로 중요해 보이지 않았다.

한 공간에 생기와 생명력을 불어넣어주는 자연의 힘을

알기에 수진도 건축 일을 하면서 그 땅에 오랜 세월 뿌리내리고 버텨온 자연의 일부분을, 나무 한 그루라도 꼭 보전하려고 애썼다. 수진이 실내정원 앞에서 발걸음을 멈춘 채, 손가락 끝으로 식물들을 조심스레 만져볼까 말까 고민하고 있는데 피로가 스민, 조금 긴장한 목소리가 귓가에 울렸다.

"……마음에 드세요?"

고개를 들어보니 어제 엘리베이터에서 만난 네이비색 앞치마의 그 남자였다. 어제와 같은 옷차림인 걸 보니 아침까지 밤샘 작업을 한 모양이었다. 피부가 조금 퍼석해 보이긴 해도 만족스럽게 작업을 끝낸 일꾼만이 가지는 싱그러운 빛을 내뿜고 있었다.

"무척요."

수진은 고개를 끄덕이며 짧지만 확신에 찬 대답을 해주었다. 젊은 그 남자는 수진의 무척, 이란 평가에 아무 유보 없이 순수하게 기뻐했다.

"저희 회사에서 이번부터 이곳 조경을 맡게 되었는데요, 예전과는 다른 분위기라 내심 걱정했었거든요. 채광이 이렇게 좋은 곳이 드물어서 와일드가든을 포기하기가 안타까워서요……." 예전 일이 생각나서 조금 울컥했는지 그가 말끝을 흐렸다.

"와일드가든요?"

수진은 손가락 끝으로 여리디여린 생명들을 살며시 만졌다.

"자연 그대로의 모습에 가깝게 가꾸는 거예요. 이렇게 현대적인 건물일수록 선이 굵은 나무보다 야생초 하나가 더 어울린다고 생각했어요."

그가 설레는 표정으로 미소 지으니, 어제는 보지 못했던 인디언 보조개가 오른쪽 눈 밑으로 드러났다.

"정말 잘 어울리는 것 같아요."

수진은 한 단어, 한 단어 꾹꾹 눌러서 강조했다.

'모험을 한 만큼 우려가 되었을 테니, 작업을 끝내놓고도 퇴근을 못 하고 사람들이 출근하는 이 시간까지 남아서 반응을 지켜보았던 거구나.'

수진은 그의 그 간절한 마음을 이해했다.

건축설계를 진행하면서 가장 어려운 점은 새로운 시도를 건축주에게 설득하는 일이었다. 타인의 일일 때는 환호하던 사람들도 막상 자기 일이 되면 보수적으로 변했다. 거부반응부터 보이고, 컨펌을 해도 내내 불안해하고, 막상 건축물을 짓고 현장감리를 가면 딴소리를 하는 건축주도 있었다. 그러니 설계하는 입장에선 마지막의 마지막까지 조마조마했다. 그럼에도 용기를 낸 시도가 무사히 구현되고, 건축주가 마음에 들어 하면 얼마나 기쁘던지. 하지만 그것으로 끝나는 게 아니었다. 설계 프로젝트의 진짜 마지막 과제는 다 지어진 건축물을 사람들이 어떻게 이용하고 받아들이는지를 지켜보는 일이었다. 건물을 다 짓고 난 다음에도 쉽게 현장에서 발걸음을 떼지 못하고 자신이 설계한 공간에서 시간을 보내는 건축가들을 틈틈이 관찰하며 깨달음을 얻었다. 수진도 그런 건축가 중 하나였다.

*

오전 내내 외부에서 긴 회의를 마치고 사무실로 돌아온 혁범은 인적이 드문 점심시간의 12층 복도에서, 키가 무척 큰 젊은 남자와 마주쳤다. 남자는 네이비색 앞치마를 두른 채 식물 화분 하나를 손에 들고 커다란 눈으로 두리번거리며 서 있었다.

"……누굴 찾아왔어요?"

혁범이 묻자 남자는 찾고 있는 사람의 모습을 상세히 설명했다. '짧은 커트 머리에 피부는 희고, 베이지색 긴 코트에 커다란 검정 배낭을 멘 여자분.' 마지막에 결정적 힌트라도 되는 것처럼 '참 예쁘신 분이에요'라고도 조심스레 덧붙였다.

"아."

혁범은 덧붙여진 설명에 피식 웃고는 남자에게 그 여자분이 누군지 알 것 같다고 일러주었다.

"예쁘다기보다는…… 매력이 있는 사람이죠. 이걸 전해주면 되는 건가요? 아니다, 사무실이 바로 저긴데 본인이 직접 갖다주지 그래요."

혁범이 담담하게 제안했지만 남자는 수줍게 고개를 저었다.

"아니에요. 이런 차림새이기도 하고…… 일하시는 데 방해하고 싶지 않아서요. 전달해주신다면 정말 감사하겠습니다."

남자는 고개를 숙이며 정중하게 부탁했다.

"그런데 그 여자분 이름은 알아요?"

단도직입적인 질문에 한솔의 뺨이 붉어졌다. 그 모습을 보고 혁범은 굳이 대답을 들을 필요가 없겠다고 판단했다.

"고수진 씨예요."

혁범은 힘없이 웃으며 토분을 빼앗다시피 건네받았다.

남자가 민망해하는 표정 그대로 고맙다는 인사를 한 번
더 하는 동안 엘리베이터 문이 열렸다. 때마침 수진 밑에서
일하는 재원이 엘리베이터 안에서 걸어 나왔다

"재원 씨."

혁범이 그를 불러 세워 건조한 어투로 말했다.

"이거 고수진 실장 책상 위에 갖다 둬요."

*

수진은 점심 약속에서 돌아와 책상 위에 올려진 식물
토분을 보았다. 타원형의 달걀 모양 이파리는 연하고 부드
러운 연둣빛을 띠고 있었다. 어린 가지 위엔 잔털이 나 있
었고, 이파리 가장자리엔 잔 톱니가 있었다. 수진은 토분 옆
에 끼워진 봉투를 꺼내 카드를 펼쳤다. 검정 펜으로 네모난
글자들이 또박또박 쓰여 있었다.

이름은 '바위말발도리'예요.
물은 겉흙이 말랐을 때 흠뻑 주시고,
햇빛이 많이 드는 곳보다는 서늘한 곳을 좋아해요.
5~6월엔 하얀 꽃이 피어요.

맙소사. 흡사 어린 아기라도 맡게 된 기분이 들었다. 나무와 식물을 좋아하는 것과 그것을 잘 키우는 것은 조금 다른 차원의 일인데. 수진은 과습으로 떠나보낸 숱한 식물들을 하나하나 떠올리며 낮은 한숨을 내쉬었다. 로비 정원에서 바위말발도리가 신기해 유독 조심조심 만지작대던 것을 그는 다 보고 있었나 보다. 아침에 그렇게 첫인사를 나눴듯이, 수진은 이파리 가장자리의 가는 톱니들과 잔털을 손바닥으로 스치며 세세히 그 간질이는 감각을 느꼈다.

3

중국 상하이 공유오피스 설계 경합에 대한 내부 회의
는, 건축주로부터 1차 브리핑을 받고 난 후 설계 의도나 목
적, 작업 일정과 같은 주요 이슈를 함께 정리하는 자리였
다. 이 건을 주도하는 혁범은 몸을 앞으로 숙이며 일의 우
선순위에 대해 이야기하고 있었다. 첫 번째 유념 사항은 해
당 업종에 대한 이해였다. 새로 지으려는 상하이의 공유오
피스는 편집디자인 계통 종사자에게 특화된 공간을 콘셉트
로 했다. 업의 성격상 모니터 여러 개를 두어야 하는 등 다
양한 작업 도구가 필요하니 카페에 나가 일할 수도 없고,
그렇다고 비좁은 집에서 작업하자니 답답할 수밖에 없는
디자인업계 사람들을 겨냥했다. 미국의 공유오피스가 흔히

제시하는 입주자들 간의 어울림이나 네트워킹은 이들에겐 무의미하다고 판단했다. 그보다는 내향적이고 꼼꼼한 기질을 가진 디자이너들의 실리와 기능성을 우선하면서 미학적 측면을 보완하는 방향으로 큰 그림을 그렸다. 예로 대형 컬러 복합기를 둔 공용 공간과 개인 물품을 둘 수 있는 락커 공간을 확보하거나, 밤샘 작업이 많으니 공유 주방이나 안전한 다인실 도미토리 룸을 마련하는 식으로. 공간의 쓰임새가 설득력을 가지는 게 디자인이라는 것에 수진은 동의했다.

두 번째 유념 사항은 정량적인 지표였다. '언제까지 평당 얼마로 짓겠다'라는 코스트 컨트롤의 문제. 이 정량적 지표를 안정적으로 구현하기 위해서 치열하게 검토에 검토를 거듭해 가장 현실적인 숫자를 제시하고 그대로 이행하는 일, 이것은 설계사무소의 책임과 신뢰를 보여주는 지표였다. 어떤 호기로운 건축주라 해도 예산에 대한 심리적 저항선이 없는 사람은 없었다. 프로젝트 수주를 하고 나서 숫자가 변해선 안 되었다. 마무리 지을 때까지 처음 제시했던 숫자들을 어떻게든 지켜낼 것.

혁범은 건축주에 대해서도 까다로웠다. 그는 아무리 자본력이 충분하다 해도 건축물과 주변 환경의 조화를 수긍

하지 못하는, 미감이 떨어지거나 이기적인 건축주의 일은 먼저 피했다.

"예술을 하겠다는 건 아니야. 하지만 공공성에 대한 최소한의 예의는 있어야지. 땅을 모욕해서는 안 돼."

이런 집요한 직업윤리 덕에 어떤 이들에겐 피곤하고 까다로운 사람으로 비춰졌을 것이다.

혁범은 예전 설계사무소에서도 다른 세 실장과의 관계에서 은근히 겉돌았다. 다들 그만한 경력이 쌓여도 여전히 시기하고 모함하는구나. 다 큰 어른들의 유치한 민낯을 목격할 때마다 수진은 괴로웠다. 분명 혁범의 행동이 무뚝뚝하거나 괴팍하고, 때로는 오만한 인상을 풍기기도 했을 것이다. 그러나 수진도 연차가 늘어나면서 조직 생활에서는 공중에 떠다니는 말보다 오히려 침묵 속에 더 많은 진실이 스며 있음을 차츰 알아나갔다.

"직장 동료들이 실장님에 대해서 험담하고 다니는 걸 알면 실장님은 어떻게 하실 거예요?"

하루는 야근 중에 수진이 불쑥 혁범에게 물었다. 다른 팀원들은 바람 좀 쐴 겸 밖에서 먹고 오겠다고 해서 수진과 혁범만 피자를 배달시켜 회의실에서 먹는 중이었다. 왼손에 피자 조각을 들고 오른손으로는 자료를 계속 훑어보던 혁범이 동작을 멈추고 고개를 들었다.

"어떻게 하긴. 그냥 놔둬야지."

혁범은 무슨 그런 하나 마나 한 질문을 하냐는 식의 싱거운 미소를 지어 보였다.

"하지만 그게 전혀 사실이 아닌 허황된 소문이면 억울하고 부당한 것 아닌가요?"

수진은 그를 빤히 쳐다보며 대꾸했다.

"어떤 일들은 나선다고 해서 해결되는 게 아니야. 그럴 때는 해결할 수 있는 문제에만 집중하고 나머지 일들은 알아서 흘러가게 둘 수밖에 없어. 어디로 흘러가든 그야 내가 알 바가 아니고."

그는 매사가 그런 식이었다.

"겉으로 티 내지 않을 순 있어도, 그래도 저라면 신경이 쓰일 것 같아요."

"남이 뭐라고 하는 걸 신경 쓰기 시작하면 결코 자기가 가야 할 방향으로 나아가질 못해."

그의 단호함에 수진도 그 일에 대해 싹둑 신경을 끌 수밖에 없었다.

혁범은 물론 수진이 일부러 그 질문을 꺼냈다는 걸 알았다. 질문을 꺼낸 이유가 상사인 자신을 걱정해서라는 것도 이해했다. 하지만 그 질문에 끌려들어가는 것을 그는 끝까지 거부했다. 자기 삶의 방식에 대한 기본 방침이 정해져 있는 사람들은 대개 과묵했다.

한참이 지나서 수진은 그때 나눈 이야기들을 통해 조직 내에서 평정을 지키는 법을 단련할 수 있었다. 누가 어떤 유치하고 비겁한 소문을 내든 간에 초연할 수 있는 마음.

혁범은 다른 그 무엇도 아닌, 그저 자신의 일을 몹시 좋아하는 사람이었다. 너무나 좋아해서 주변 사람들이 뭐라고 하든 신경조차 쓰지 않는 사람. 빈말을 하지 않는 결기, 그 차갑고 이지적인 부분이 평균적인 친절함과는 거리가 멀다 해도 말이다.

어느새 수진은 혁범을 존경하게 되었다. 존경심은 수진에게 드물게 찾아오는 감정이었다. 주변에 휘둘리지 않는 단단함과 일관성을 가진 그는 '혼자 어디에 갖다 놔도 법 없이도 잘 살 사람'이었다. 반대로 말하면 그 누구도 진심으로 필요로 하지 않는다는 뜻이기도 했다. 생각이 그렇게 막다른 골목에 다다르면 수진은 잠시 먹먹한 감정에 휩싸였다.

*

거실 테이블에 놓여 있던 수진의 전화기가 울렸다.

"저녁은 먹었니? 뭐 필요한 건 없고?"

질문인데도 억양의 높낮음이 없는 담담한 목소리.

"없어요, 그냥 와요. 아, 아니다. 하겐다즈 녹차맛. 파인트로."

"그래, 알았어. 지금 갈게."

혁범은 수진의 집에 올 때마다 미리 전화를 하는 습관이 있었다. 오기로 얘기가 다 되어 있어도 꼭 '지금 가고 있다'라고 말해야 직성이 풀리는 이상한 사람. 그냥 와도 되는데 필요한 게 없냐고 예의 바른 초대 손님처럼 꼭 확인하고는 멀리 돌아서라도 그것을 기필코 사 오는 사람. 밖에서 같이 저녁을 먹고 갈 때도 있었지만 식당 소음을 싫어하는 혁범은 대부분 바로 수진의 집으로 가는 것을 선호했다. 그러고는 함께 저녁을 해 먹고 밤을 보냈다.

그가 온다고 해서 부랴부랴 집을 치우거나 식사를 준비해야 하는 부담은 없었다. 혁범은 알아서 간단한 음식을 테이크아웃해 오거나 냉장고에 있는 재료로 요리를 해서 손수 차려주었다. 수진은 소파에 몸을 기댄 채 책을 읽으며 느긋하게 기다림 자체를 음미했다. 설계사무소 사람들 그 누구도 두 사람이 2년 넘게 사적으로 만나고 있음을 알지 못했다. 누군가를 사랑하면 소문내고 싶은 것이 사람 마음이지만, 같은 직장에서 일하는 한, 누구에게도 도움될 일은 아니라는 것을 알 정도로 두 사람은 어른이었다. 태생적으로 입이 무거웠고, 자기 일을 다른 사람들에게 떠벌리거나 상의하는 타입도 아니었고.

20여 분 후, 초인종이 울렸다. 혁범은 도어록 비밀번호를 아는데도 초인종을 꼬박꼬박 누르는 사람이기도 했다.

"어서 와요."

수진은 엷은 미소를 띠며 현관문을 열어주었다.

"응."

혁범은 구두를 가지런히 벗어두고 올라와선 손에 들고 온 가방을 거실 소파 가장자리 바닥에 세웠다. 싱크대에서 말끔히 손까지 씻은 후에야, 지친 듯 짧은 한숨을 내쉬며 소파에 깊숙이 몸을 맡겼다. 그는 안경을 벗어 무릎 위에 올려두고 고개를 뒤로 젖힌 채 눈을 감고, 두 손으로 얼굴을 몇 번이나 비비며 숨을 골랐다. 마치 이곳에서만 휴식을 취할 수 있는 것처럼. 실제 그는 가장 바쁘고 피곤할 때—뭐 대부분이 그랬지만—도리어 시간을 내서 수진의 집을 찾았다. 눈 밑이 거뭇거뭇한 게 오늘도 설계 경합 일로 신경을 많이 쓴 모양이었다. 수진은 소파의 빈자리에 앉아 그를 향해 몸을 틀었다. 검지 끝으로 혁범의 정수리부터 이마, 눈썹과 콧날, 입술과 턱선, 그리고 목젖에 이르기까지 선을 이어가며 천천히 매만졌다. 눈을 감은 혁범이 간지럽다는 듯 미간을 찌푸렸다. 익숙한 그만의 표정. 수진은 그의 피로를 조금이라도 풀어주고 싶어 두 손바닥을 불 지피듯 비벼 그 열기로 혁범의 눈두덩을 가만히 감쌌다. 혁범이 그 자애로운 손들 위로 자기 손을 얹어 말없이 침실로 이끌 때까지.

혁범은 수진의 몸을 세심하게 이해하는 남자였다. 그것은 일을 할 때도 집요하게 공을 들이는 그의 평소 기질에 따른 것일 수도 있겠다. 몸이 피곤하고 신경이 곤두서 있을수록 행위에 더 몰두했고 가끔은 매우 이기적으로 굴었다. 그건 그것대로 괜찮다고, 수진은 생각했다.

거센 파도가 몰아치고 난 후, 혁범이 수진의 코와 입술 주변을 엄지와 검지로 도면 스케치하듯 만지작댔다. 엄지손가락으로 간지럽히듯 원을 그리자 수진도 눈을 감은 채 얼굴을 한껏 찡그리며 웃었다. 그러고는 그의 엄지와 검지와 중지를 순서대로 입안으로 가져와 따뜻하고 촉촉한 공간에서 놀게 허락했다. 수많은 일을 해내는 혁범의 손가락을 깊이 애무하다가 수진이 중간에 잠시 눈을 떠보면 안경을 쓰지 않은 무방비 상태의 그가 있었다. 이 순간만큼은 자신이 평소 아는 그 사람과는 전혀 다른 사람처럼 느껴졌고, 그럴 때마다 수진은 가슴 한편이 저릿했다.

4

주말 아침, 수진은 창밖 나무들에 놀러 온 새들의 소리
에 눈을 떴다. 충분히 잠을 자서인지 몸이 상쾌했다. 일요일
에는 가사 일의 루틴—이불 커버 교체, 빨래, 바닥 청소와
냉장고 청소—이 있었지만, 토요일은 자신을 위한 시간을
보냈다. 혁범은 전처와의 사이에서 낳은 딸아이와 함께 토
요일을 보냈는데 급박한 일이 벌어지거나 출장을 가지 않
는 한 그 루틴은 지켜졌다. 수진도 어린아이를 생각하면 그
래야 마땅하다고 여겼다.

토요일의 수진은 오후 느지막이 간편한 차림새로 집을
나서 보고 싶은 영화가 걸린 상영관을 혼자 찾았다. 때로는
도심 한가운데 있는 멀티플렉스이기도 했고 때로는 오늘처

럼 주택가 언덕에 위치한 작은 독립예술영화 전용 영화관이기도 했다. 영화라고 하는 것은 의자에 푹 눌러앉아 머릿속을 텅 비우고만 있으면 저쪽에서 제멋대로 성큼성큼 알아서 와주니까 편했다. 내가 아무 신경 안 써도 되고 철저히 수동적이 될 수 있는 휴식.

영화가 끝나고 자막이 다 넘어간 다음에야 수진은 관람석에서 일어나 느긋하게 영화관 밖으로 나가 언덕 내리막길을 걸어 내려갔다. 하지만 얼마 안 가 걸음을 멈춰 섰다.

"수진 님!"

누군가의 손끝이 팔에 부드럽게 닿았다. 고개를 들어보니 한솔이 숨이 가쁜, 상기된 표정으로 인사를 했다. 아, 뭐였더라. 맞다, 바위말발도리.

그날 아침에 보았던 초췌한 모습은 없었다. 바랜 청바지에 회색 후드티를 입고 있으니 일주일 전보다 더 학생 같아 보였다. 수진이 알아보고 반갑게 미소를 짓자 그의 뺨엔 인디언 보조개가 수줍게 파였다. 한솔은 기쁘면서도 어리둥절한 표정으로 수진을 쳐다보며 혼잣말처럼 말했다.

"너무 다행이에요."

"뭐가요?"

수진은 그렇게 말하는 이 남자아이가 신기해서 빤히 올려다보며 물었다.

"다시 볼 수 있어서요."

"……."

수진은 어떻게 반응해야 하나 잠시 망설였다.

"참, 바위말발도리 감사했어요. 제가 식물 키우기엔 조금 소질이 없어서 걱정되지만요."

"아니에요, 저야말로 직접 물어보고 드렸어야 했는데 죄송해요. 상대가 원하는지 원하지 않는지도 모르는 선물을 주는 건 신중해야 한다고 저희 할머니가 늘 나무라셨는데…… 특히 살아 있는 거라면요. 어른이 되어서도 바보처럼 잘 고쳐지지가 않네요. 엘리베이터에서 12층 누르셨던 게 생각나서 무턱대고 12층에 올라갔었는데요 어떤 친절한 남자분이 수진 님 이름을 말하며 전해주시겠다고 하지 않았다면 아주 곤란할 뻔했어요."

'아아, 그래서 내 이름을 알고 있구나.'

수진은 잠시 멈칫하며 눈썹을 치켜올렸다. 그는 해맑은 미소를 지으며 말을 이어갔다. 마치 잠시라도 침묵이 생기면 그대로 수진이 사라지기라도 할 것처럼.

"저희는 식물상점을 직접 운영하지 않고 따로 발주해

서 받다 보니까 식재를 마치고 나면 현장에 남는 아이들이 종종 있어요. 조금 넉넉하게 주문해두니까요. 저도 그렇게 집에 가져간 아이들이 한가득이에요. 그래서 선물이라고 거창하게 생각하지도 않았고 바위말발도리를 유심히 살펴보시길래 드리고 싶었을 뿐이에요. 예뻐해주시는 것 같아 얼마나 마음이 좋았는지 몰라요."

"그러셨군요. 더더욱 신경 써서 써주신 메모대로 잘 키워봐야겠어요."

수진은 언뜻 낯을 가릴 것처럼 보였던 그가 말이 많아진 걸 보며 생긋 웃었다. 그 모습에 조금 안도한 듯 한솔이 심호흡을 하고서 고백했다.

"솔직히 말씀드리면 예전에도 먼발치에서 수진 님을 몇 번 본 적이 있었어요……."

한솔이 가장 선명하게 기억하는 건 로비 한가운데에 서서 전화를 하고 있는 수진의 모습이었다. 그전까지 먼발치서 몇 번 봤던 수진의 표정이 무덤덤하달지 무표정에 가까웠다면 어쩐 일인지 그날은 눈코입에 힘을 다 빼고 흐드러지게 웃고 있었다. 아마 상대가 무척 기분 좋아지는 이야기를 하고 있었을 거라고 한솔은 생각했고, 어느새 자신도 수진을 따라서 미소 짓고 있었다. 그 사람의 숨겨진 표정을 우연히 엿보게 되면 뜻하지 않은 선물을 받은 것처럼 느껴질 때가 있는데 그때가 그랬다. 흐뭇함은 잠시, 그러고는 누군지도 모르는 전화 상대에게 심장이 천천히 조여지는 듯 은근한 질투가 났던 아찔했던 감촉을 한솔은 여전히 기억했다.

"앗, 잠시만요. 운동화 끈이 풀려 있어요."

키가 훌쩍 큰 남자가 몸을 한없이 낮게 웅크렸다. 그가 수진의 오른쪽 운동화 끈을 조심스럽게 묶는 동안 수진은 살랑살랑 부는 바람에 한솔의 머릿결이 방향을 바꿔가며 춤을 추는 것을 내려다보았다. 조금 아깐 불쑥 선물을 놓고 가서 미안하다면서 이렇게 또 불쑥 잘 모르는 여자의 운동화 끈을 묶어버리는 사람.

한솔은 운동화 끈을 묶는 내내 더 하고 싶은 말을 애써 참으려는 듯 아랫입술을 꾹 깨물었다.

*

혁범이 수진의 마음을 무너져 내리게 한 것도 지금 같

은 계절이었다. 숨쉬기조차 힘들어 숨을 뱉을 때마다 육체의 흔적마저 조금씩 지워질 것만 같았다. 혼자 남몰래 혁범에게 고한 작별은 슬픔에 고독을 더했다. 아이의 생일날이면 엄마들이 출산의 고통을 몸으로 기억하듯, 수진의 몸도 이 계절이 돌아오면 몇 해 전의 그 고통스러운 감촉을 생생하게 되새겼다.

　고통을 관통하면서 사람은 무언가를 새로 얻어가기도 한다. 수진은 밤에 달리는 습관을 들였다. 머리가 터져버릴 바에는 차라리 몸이 터져나가는 게 나을 것만 같던 6년 전 그날, 수진은 집에서 입고 있던 실내복 그대로 뛰쳐나와 늦은 밤 강변을 따라 무작정 달렸다. 다음 날 아침 온몸이 근육통으로 움직이지 못할 지경이었지만 그다음 날도, 그다다음 날도 밤하늘을 가끔 올려다보며 달렸다. 그저 다리를 앞으로 차례차례 뻗기만 하면 되었다. 적어도 몸을 움직이는 동안에는 감정을 덜 느꼈다. 눈물이 뺨을 타고 흘러내려도 아무도 보지 못했다. 달릴 때는 누구나가 혼자였다. 혼자가 혼자들을 스쳐 지났다. 그 누구도 서로를 안쓰러워하지 않았고 그것이 수진에겐 작은 위로가 되었다.

　오늘처럼 일찍 퇴근한 날은 어둑한 저녁 거미가 질 무

렵에 뛰러 나갔다. 해가 지는 걸 보면서 달리다 보면 마음이 차분해지며 복잡했던 머리가 정리되고, 불필요한 고민들은 저절로 모아지거나 치워졌다. 고요함 속에서 새 기운이 샘솟곤 했다. 그러나 오늘은 숨이 차오를수록 한솔의 모습이 자꾸 어른거렸다.

"저는 말수도 적고 말주변도 없고, 거짓말도 못 해요. 요령도 없고요."

한솔은 영화관 앞 언덕 내리막길에서 잠시 호흡을 고른 후, 입안에 맴돌던 이야기를, 그러니까 당신을 처음 본 뒤로 계속 당신 생각을 하는 일을 멈출 수가 없었다는 그 마음을 수진에게 털어놓았다. 지금처럼 노을이 지던 찰나였다. 수진의 운동화 끈을 묶고 일어서서는 갑자기 수진을 향한 감정을 토로하던 그는 스스로도 난처해서 어쩔 줄 모르겠다는 표정을 짓고 있었다.

그날 한솔의 눈빛이 수진은 자꾸 생각났다. 이렇게 누군가에게 푹 빠진 자신이 어이없지만 이 마음은 결코 가짜일 수 없다는 심플하고 스트레이트한 자기 확신. 에누리 없이 그 마음을 전하는, 앞뒤 사정을 고려하지 않는 순진함. 대부분의 시간을 정직한 식물들을 상대하며 지내기 때문일까? 그 말을 듣고 아득한 기분이 들었던 것은 그 표정이나 행동이 지나치게 눈부셨기 때문일 것이다. 누군가를 향한 한 사람의 열정이 이토록 넘치게 채워지기도 하는구나. 숨을 깊이 들이마시고 바람을 후- 불어 풍선을 순식간에 채우듯이.

"학교 졸업하고 일을 시작한 지 이제 겨우 3년 차인데 한창 정신없이 일을 배워도 모자를 상황에 이렇게 마음이 붕 떠 있어서 참 큰일이에요."

고백 후 계면쩍은 듯 한솔이 고개를 숙이며 애써 말을 보탰다. 앳된 표정과 행동을 가졌다고는 생각했지만 실제 그의 나이를 짐작하게 하는 말을 듣자 수진은 당황스러웠다. 평소 나이에 큰 의미를 부여하지 않고 살아왔고 세간의 시선을 의식하지도 않았다. 어쩌면 시선을 고정시켜두던 혁범 앞에서는 상대적으로 한창 어린 입장이어서 그랬을 뿐이라는 자각이 뒤늦게 찾아왔다.

"저는 나이가 많아요. 아마 생각하시는 것보다 훨씬 더요. 서른여섯이거든요."

수진은 왜 자신이 그런 식으로 실토하듯 말을 했는지, 생각해보면 어이가 없었다. 하지만 한솔은 그렇게 받아들이는 것 같지 않았다. 수진에 관해 하나라도 더 알게 된 사실을 순수하게 기뻐하기만 했다.

"그럼 제가 8살 연하네요. 나이는 아무 상관 없다고 생각하지만요."

한솔이 여유로운 미소를 띠며 답했다. 마치 어린 소녀를 보호하려는 소년처럼 듬직해 보이기까지 했다. 그랬다 해도 수진은 여전히 난감할 뿐.

"거 봐요. 저 나이 많잖아요."

수진이 너털웃음을 치며 말했다. 한솔은 잠시 그 말을 안으로 묵묵히 삼키다가 가만히 수진의 이름을 불렀다.

"수진 님과 저, 많이 차이 난다고 생각 안 해요. 딱 좋다고 생각해요."

그러니까 이 아이는 인간에 대한 경계심이라는 것이 없었다. 마치 단 한 번도 무언가에 덴 적이 없는 사람처럼.

'어른스럽지 못한 일이야.'

수진은 불편하게 두근대는 가슴을 진정시켰다. 헛된 희망을 주는 사람은 무책임하다고 판단했다. 한 사람의 열정을 소모시키고 결국에는 그 마음을 상하게 하는 일의 잔인함을 수진은 누구보다도 잘 알았다. 상대가 순수하면 순수할수록, 그러면 안 되는 것이었다.

"우리…… 다시 만날 수 있을까요?"

쉴 틈도 주지 않고 한솔이 눈을 반짝이며 가까이 다가왔다.

"다시 만나면요?"

수진의 뾰족한 대답에 이번에는 한솔이 당황한 표정을 지었다. 그러나 다 큰 어른은 그러면 안 되는 거니까. 책임질 수 없는 것엔 확실히 거리를 두어야 하니까. 조금 전의 뭉툭하고 앙칼진 응답을 후회하고 수진은 재차 순화시킨 표현으로 그의 마음을 마다했다.

"다음에 또 우연히 오다가다 뵈어요."

한솔은 그 말에 고개를 끄덕였지만 자신의 어두워진 표정을 들키지 않으려고 고개를 옆으로 돌렸다. 그 행동은 자신이 거부당했다는 수치심이라기보다 상대에게 부담을 주지 않으려는 의지에 가까워 보였다. 수진은 봐서는 안 되는 것을 봐버린 기분이었다. 누군가를 좋아하는 일은 기쁨보다 두려움이 훨씬 더 크다는 사실만을 그에게 일깨워준 것 같아 죄책감이 들었다.

*

'왜 내 집으로만 오고 나는 집으로 초대 안 해요?'라고 물으면 자기 집은 냉기만 흐르고, 아무것도 없고, 사람 사는 집 같지도 않다고, 잠만 자고 나오는 곳이라고 대답했던 혁범의 얼굴이 불현듯 떠올랐다.

"네가 가고 싶으면 내 집으로 가서 지내도 돼."

혁범이 수진의 눈을 똑바로 쳐다보며 일러주었지만 그가 그것을 진심으로 원하지 않는다는 것 정도는 수진도 읽어냈다. 하지만 정작 주저한 것은 수진도 마찬가지였다. 그의 집에서 결코 보고 싶지 않은 것을 보게 될까 봐 두려웠다. 독신주의자이던 그가 결혼을 결심할 정도로 사랑한 여자가 있었다는 사실, 그 사이에서 낳은 한창 귀여운 나이의 어린 딸이 있다는 현실. 그리고 그가 어쩌면 그들을 그리워하고 있음을 보여줄 모종의 흔적을.

갑자기 머릿속이 생각들로 뒤엉켜서 수진은 달리기를 멈췄다. 숨이 턱 하니 막혀와, 상체를 숙여 거친 호흡을 진정시켰다. 목덜미와 가슴골에 땀이 차올랐다. 자신이 그동안 옳다고 믿어왔던 것들이 어쩌면 틀렸을 가능성을 떠올렸다. 그리고 자신은 생각보다 훨씬 더 외로운 사람이라는 것을 수진은 깨달았다.

    그날 영화관 언덕길에서 우연히 본 이래로, 수진이 한솔을 마주치는 일은 더 이상 없었다. 실내정원의 유지보수를 위해 정기적으로 현장에 들러야 한다고 들었지만 그가 일부러 나타나는 일은 없을 거란 걸 수진은 예감하고 있었다. 자기만 생각하는 이기적인 사람이었다면 애초에 그렇게 있는 그대로 마음을 훤히 드러내지도 않았을 것이다. 그걸 다 아는데도 건물 로비를 가로지를 때면, 수진은 적지 않게 의식이 되었다. 일부러 앞만 보고 또각또각 빠르게 지나가다가도 말미에는 참지 못하고 어깨 너머로 지나온 로비를 둘러보는 스스로를 발견했다.

    애초에 시간 자체가 엇갈린 걸까. 막상 앞치마를 두른 남자의 모습이 어디에도 보이지 않자 묘한 허전함을 느꼈다. 더불어 매일 마주치는 어두운 빛깔 양복을 입은 초고층 빌딩의 인텔리 회사원들이 지긋지긋해 보였다. 삼삼오오 모여서 불평이나 자랑, 뒷말뿐인 그들의 비루한 모습을 보노라면 슬퍼지기까지 했다.

5

한 달 정도가 지나 불편한 마음이 어슴푸레해질 무렵, 외근에 지쳐 고개를 숙이고 로비를 걸어가던 수진의 마음에 울렁임이 다시 스쳤다. 한솔 때문이었다. 그는 앞치마와 긴소매 체크무늬 플란넬 셔츠 차림으로 실내정원을 돌보고 있었다. 흙이 묻은 흰색 목장갑을 벗으며 다가서려는 한솔에게 수진은 하던 일을 멈추지 말라며 손시늉을 하고 직접 한솔이 있는 곳으로 걸어갔다. 풀과 꽃들은 그사이 더욱 싱그럽고 풍성해져 있었다.

"보수 작업하러 오셨나 봐요."

수진은 겉으로는 담백하게 말을 건넸지만 속으로는 어

색했다는 것을 안다. 몇 번이나 조금은 더 어른스럽게 굴어 야겠다고 다짐했음에도 그랬다.

"죄송해요. 저 때문에 불편하실 것 같아요."

느끼고 있는 그대로를 스트레이트하게 말하는 한솔이 더 어른스럽다고 생각하니 조금 부끄러워졌다.

"그동안 일부러 이곳 보수 작업을 다른 동료에게 부탁 했는데 그분이 몸이 아파서 오늘은 어쩔 수 없이 제가 왔 어요."

그러니까 그간 그 동료라는 사람도 마주치지 못했다는 얘기였다.

"아니다, 생각해보니 어쩔 수 없이 왔다는 건 완전한 진실은 아니네요."

한참을 머뭇거리며 말끝을 흐리던 한솔은 멋쩍게 웃으 며 말했다.

"제가 직접 오고 싶었어요. 우연히라도 다시 뵙고 싶었 나 봐요. 그 말이 정직하겠네요."

마음속에 담아둔 이야기를 털어놔서 홀가분해졌는지 그의 안색은 한층 맑아 보였다.

"……다시 뵙기까지 오래 걸렸지만요."

그의 커다란 눈동자는 수많은 이야기를 담고 있었다.

"그날 수진 님께 정말 실례를 했구나, 생각했어요. 그냥 없던 일로 해야지. 나 하나만 가만히 있으면 된다고 생각했어요. 제 감정에만 들떠서 마음의 짐을 드렸으니까요."

한솔은 목장갑을 꼭 쥐고 잠시 골똘히 생각하다가 용기 내어 물었다.

"이제 마무리가 다 돼서 차 한잔 마시며 쉬려고 했는데, 괜찮으시면 함께 드셔주실래요?"

*

"실은 나흘 전에 수진 님을 우연히 뵈었어요."

로비 바깥에 있는 긴 의자에 앉아 한솔이 다시 말을 이어갔다.

"20층에 있는 게임 회사에서 로비 조경을 보시고는 저희에게 일을 맡기셨거든요. 건물에 들어서기 전부터 수진 님을 혹시 만날 수 있지 않을까 생각했어요. 그런 일은 일어나지 않을 거란 걸 알면서도요. 미팅을 마치고 탄 엘리베이터가 덜컥 12층에서 멈춰 섰어요. 순간 머릿속이 하얘졌죠. 저만치 앞에 수진 님이 서 계셨거든요. 하지만 점심시간이라 엘리베이터가 사람들로 꽉 차서…… 맨 구석에 있던 저는 꼼짝달싹 못 했어요. 큰 소리로 이름을 부를 수도 없고, 사람들을 밀치고 내릴 수도 없고, 함께 간 일행을 내팽개칠 수도 없고…… 지금이라도 내리자고 마음을 잡았을 땐, 이미 수진 님은 뒤돌아서 계단 쪽으로 가버린 뒤였어요."

한솔의 목소리에는 그날의 아쉬움이 진하게 묻어 있었다.

"그런데요……."

한솔은 할까 말까 잠시 말을 멈추면서 수진의 얼굴을 유심히 바라보았다.

"괜찮아요. 말씀하세요."

수진은 스스로를 제어하려고 애쓰는 그가 안쓰러웠다.

"그때, 12층 로비에 서 계시던 수진 님은, 콧노래를 흥얼거리며 너무나 눈부시게 웃고 계셨어요. 얼마나 예쁘고 사랑스럽던지…… 그때 용기 내서 내리지 못한 게 후회스러웠지만 그 모습이 계속 생각나서 제 마음이 좀 좋았어요. 그래서 수진 님께 혼자 많이 고마워했어요."

한솔의 뺨에 예의 인디언 보조개가 움푹 파였다.

"오늘도 못 봤다면 그건 정말로 어쩔 수 없는 일이라고 생각했어요. 하지만 이렇게 뵙게 되었고, 저는 지금 너무 기쁘고요…… 언뜻 무책임한 말일 수 있지만 저는 아까 다시 뵌 순간부터 수진 님이 저를 어떻게 보는지, 만나는 사람이 있는지 없는지, 이런 것들이 중요하게 느껴지지 않게 되었어요. 정확히는 아무 상관 없어요, 적어도 저한테는. 그저 수진 님의 존재가 소중하고 고마울 따름이에요."

'이 아이는 대체 내게서 무엇을 보고 있는 것일까?'

한솔의 해맑은 질주가 그저 놀랍고 신기하기만 했다. 나이가 들수록 누군가를 진심으로 좋아하는 일이 점점 줄어간다고 다들 입을 모았다. 열정을 느끼는 일에는 체력이 필요하다고. 그동안 한솔이 얼마나 많은 말을 속에 담아두고 참고 있었을지, 수진은 과거의 자기를 보는 것 같아 목이 조금 메었다. 그래서 도저히 왜, 라고 질문할 수가 없었다. 왜 그런지는 아마 그도 모를 테니까. 아무 생각 없이 자신의 감정을 순순히 받아들이기로 했다고 지금 그가 말하고 있지 않은가.

여자가 아픈 건 남자도 아프고, 남자가 기쁜 건, 여자도 기쁜 것이다. 자신이 그랬듯이 한솔도 그럴 거라고 수진은 생각했다.

*

　'말하는 것이 힘들면, 그때는 글로 쓰면 돼.'

　어린 시절, 하고 싶은 말을 제대로 표현하지 못해 눈에 눈물이 그렁그렁 차 있으면 수진의 엄마는 눈높이를 딸에게 맞추며 이렇게 일러주었다. 말주변이 없거나 목소리가 작은 것은 너의 잘못이 아니라고. 그럴 때는 친구나 선생님에게 찬찬히 글을 써서 마음을 전하라고. 그러면 너의 마음이 전달될 거라고. 엄마한테도 하기 힘든 말이 있거든 꼭 그렇게 해달라고. 엄마도 곧잘 아빠에게 그렇게 했다고. 엄마가 등을 부드럽게 어루만지며 그렇게 말하면 수진은 긴장이 풀어지며 온몸에서 힘이 빠져나갔다.

　'명심하렴. 말을 잘하는 것보다 듣는 것을 잘하는 사람이 되는 게 중요하단다.'

　어린 수진은 충혈된 눈을 껌뻑거리며 엄마의 이야기에 고개를 끄덕였다.

　　*

　잠들기 전, 습관대로 침대 옆 협탁에 쌓아둔 책 한 권을 골라 읽던 수진은 문득 생각난 듯 전화기로 이메일함을 열었다. 빨갛게 표시된 높은 중요도의 메일들 사이에서 홀로 자신의 존재를 수줍게 강조하는 평이한 검은색 제목 하나가 있었다.

수진 님, 오늘 하루 어떻게 보내셨어요?

아마도 이틀을 꽉 채워 기다리면서, 한숨과 망설임 사이를 오가면서, 쓰면서 몇 번은 고쳤을, 너무 짧지 않을까 길지 않을까 너무 과하지 않을까 어린 시절의 자신처럼 고민했을 그가 상상되었다.

저는 오늘 3미터 높이의 공작야자를 무려 서른 그루나 현장에 들여놨어요. 농장에서 나무를 뽑아 거즈마대로 싸서 하나하나 가져왔지요. 마치 집 한 채를 이사시키는 것만 같았어요. 웬만해선 끄떡도 없는데 오늘은 작업이 끝나고 어깨와 허리가 제법 아프더라고요. 그래도 막상 작업을 마치고 보니 흡족했어요.

'일은 혼자서 하는 게 아니다.' 대화 중에 수진 님이 해주신 이야기를 그 후 여러 번 곱씹었어요. 일 하나를 해내는 데는 많은 사람들이 얽혀 있고 저마다의 입장이 있다. 그래서 일이란 어렵고 때로는 어쩔 수 없이 생기는 문제들도 있다…… 건축을 넘어 다른 모든 일에도 해당되는 말이라고 생각했어요.

저는 수진 님이 자기 일에 진지하고 열심히 살아가는 사람인 것이 참 좋아요. 수진 님을 지켜보면서 저도 조금 더 열심히 살고, 조금 더 나은 사람이 되자는 생각을 기쁜 마음으로 하게 돼요.

얼마 전부터 직접 조경설계를 해보는데요, 도면 위로 자꾸 수진 님 생각이 나서 집중이 안 될 때가 있어요. 그렇다고 현장 나가서 몸을 움직인다고 생각이 덜 나는 건 아니에요. 물론 몸을 계속 움직이고 있으니까 그나마 낫긴 하지만요. 그것도 집중을 하지 않으면 금세 티가 나요. 이런 제 모습이 정말 낯설어요. 가끔은 하루 종일 수진 님 생각이 나요. 수진 님 생각에 잠을 잘 못 자기도 해요. 저 혼자 이렇게 들떠 있는 것이 얼마나 한심하게 보일까 싶지만 감정을 자제해야 한다고 생각하면 그것도 슬퍼요. 그래도 이렇게 편지를 쓸 수 있게 허락해주셔서 감사해요.

이한솔 올림

추신) 그날 이후 하루도 빠짐없이 수진 님의 안부를 궁금해하고 있어요.

'말하는 것이 힘들면, 그때는 글로 쓰면 돼.'

　이런 말을 듣고 자란 아이들이 생각보다 많았을지도 모른다. 이제는 수진도 말보다는 글의 행간에서 사람들을 더 깊이 이해하게 되었다. 수진은 답장을 남길까 말까를 조용히 고민했다. 어쩐지 한솔이 답장을 기다리며 밤새 몇 차례나 수신함을 열어볼 것만 같아서. 하지만 수진은 정작 상대를 염려하기보다는 이토록 투명하고 천진하게 감정을 부딪혀오는 한솔에게 전혀 위협감을 느끼지 않는 스스로를 걱정해야 하는 것이 아닐까, 라고 자문했다. 한솔이 이런 자신의 변화가 낯설다고 토로했을 때, 그 마음은 진실로 수진에게 전해졌다. 수진은 어느덧 메일함을 평소보다 자주 열어보고 있었다.

　이름은 부모님이 지어주신 건가요?

　'한솔'이라는 이름이 참 잘 어울린다고 쓴 수진의 편지에 한솔은 무척 반색했다. 자신이 조부모님 밑에서 자랐고 이름은 정원을 가꾸는 것을 좋아하던 할머니가 지어주셨다고 자랑스럽게 일러주었다. 수진은 그 이야기를 들으며 마음이 따스해지는 동시에 쓸쓸해졌다. 그의 글에선 누군가를 의심해본 적이 한 번도 없는 맑고 곧은 성정이 엿보였고, 어딘가 모르게 처음으로 취직한 설계사무소에서 혁범을 알아가던 28살 무렵의 자신을 떠올리게 했다.

이따금 불쑥 튀어나오는 감정표현을 제외한다면 한솔은 신중하고 어른스러운 사람이었다. 일을 하는 데 있어서도 훨씬 나이 많은 사람들 사이에서 편안함을 느낀다고 했다. 수진은 그가 연상의 여자를 만난 적이 있는지 궁금했지만 묻지는 않았다. 앞으로도 묻지 않을 것이다. 여기서 더 어딘가로 나아갈 건 아니었기에 수진은 스스로의 감정을 잘 통제할 터였다. 자신이 겪은 것을 또 다른 누군가가 겪을 필요는 없었다. 의식적으로 답신을 줄이고 짧게 보내다 보면 명민한 이 아이는 알아차릴 것이다. 확 달아오른 마음도 시간이 흐르면 잠잠해질 것이다. 그 중간 어딘가에서 피치 못하게 생길 상처가 최소한으로 남길 바랄 뿐. 한솔이 더 이상 편지를 보내오지 않으면 자신이 적적해하리라는 것을 인정하면서도 수진은 그것만이 옳은 일이라는 자각을 여전히 명료하게 지니고 있었다. 이런 맑은 남자아이를 깊이 사랑해줄 맑은 여자아이가 이 세상 어딘가에, 아니 생각보다 가까이에 분명히 존재할 거라는 것을 수진은 믿고 싶었다.

　다행히 한솔은 만나자는 말을 다시 꺼내지 못했다. 그
사실이 안도감을 주면서도, 수진은 그의 편지가 끝나갈 무
렵에는 경미한 한숨을 내쉬곤 했다. 이건 도대체 어쩌자는
마음인가 싶어 고개를 절레절레 저었다. 그 아이가 애쓰고
있다는 것, 많이 참고 있다는 것만큼은 넘치도록 알 것 같
았지만.

6

"성북동에서 초대장이 왔어."

혁범은 복도를 지나다가 수진이 혼자인 것을 보고 수진의 자리 앞에 멈춰 섰다. 한 달여 전에 수진이 리모델링을 마무리한 스웨덴 대사관저가 성북동에 있었다. 부지가 꽤 넓었지만 두루 잘 활용하지 못하고 낙후된 시설이 많아, 2년 전부터 새 부지에 다시 지을지, 기존 건물을 헐고 지을지, 아니면 리모델링을 할지를 두고 고민하던 곳이었다. 수진은 공개 입찰 업체 중 유일하게 '리모델링'으로 경합에 참가했다. 다 허물고 새로 짓는 것이 이윤을 더 낸다는 걸 알았지만 건물의 아름다운 특성을 최대한 보존하는 방식으로도 충분히 원하는 바를 이룰 수 있다고 믿었다. 직접 본 대사관저가 얼마나 튼튼하게 지어져 있던지 진심으로 탄복했기 때문이기도 했다.

주니어 시절 수진은 혁범에게 안전설계에 대해 귀에 못이 박히도록 배웠다. 건축을 예술작품으로 보기 전에 무엇보다도 안전하고 튼튼하게 지어야 한다고. 삼풍백화점과 성수대교가 안겨준 충격을 잊어서는 안 된다고. 혁범이 가르쳐준 건축가의 또 다른 직업윤리는 불필요하게 비용을 쓰거나 일을 벌이지 않는 것이었다. 수진의 프로젝트를 직속 관장하는 수찬이 '예산은 충분할 거야'라며 에둘러 신축을 종용했지만 수진은 '리모델링만으로도 충분히 좋아질 것'이라고 거꾸로 그를 설득했다.

사람들의 예상을 깨고 수진이 프로젝트를 수주하게 되었고 수진의 설득은 결국 현실로 구현되었다. 혁범이 들고 있는 건 대사관저의 재단장을 축하하기 위해 크루거 주한 스웨덴 대사가 가까운 지인들을 초대하는 모임의 초대장이었다.

"강 대표 그날 출장이니까 내가 대신 가서 인사 드려야겠어. 같이 가."

수진은 대서관저를 자주 찾았던 지난여름을 바로 어제

일처럼 기억했다. 짙은 녹음이 우거진, 마치 숲속 정령이 나타날 것만 같던 아늑한 골목의 막다른 곳, 붉은 벽돌과 큰 창문을 가진 그 집.

산꼭대기를 향해 난 가파르고 굴곡진 골목길들이 좋아 직접 운전을 해서 대서관저 현장까지 가곤 했다. 후텁지근한 날에도 성북동 주택가에 들어서면 오랜 시간 그곳을 지켜온 나무들이 내뿜는 싱그러운 내음이 좋아 에어컨을 끄고 차창을 모두 열어 바람을 맞으며 액셀러레이터를 밟았다. 수진은 혁범을 올려다보며 조수석에 앉게 될 그의 옆모습을 떠올렸다.

"그런데 희서 엄마도 온다고 하더라."

혁범이 건조한 어조로 덧붙이자 수진의 얼굴에서 엷은 미소가 사라졌다.

"아."

"중요한 건 아니지만 혹시나 해서 미리 알려. 대사 부인께 직접 초대받은 모양이야. 다른 행사에서 안면을 튼 사이더라고."

수진은 물끄러미 혁범의 표정을 살폈지만 혁범에게서 어떤 감정도 읽어낼 수가 없었다.

"……괜찮겠어요?"

"불편하겠니?"

"질문을 질문으로 대답하지 말아주세요."

혁범은 그 말에 피식 씁쓸한 미소를 지었다.

"네가 불편하면 내가 가지 않을게. 그쪽 보고 오지 말라고 할 수는 없으니."

수진이 물끄러미 혁범을 바라보았다.

"……아니에요. 난 괜찮아요."

"그래, 형식적인 거니까."

수진은 몸을 돌려 하던 일을 마저 하겠다는 몸짓을 보였다. 혁범은 고개를 끄덕이고 복도 쪽으로 다시 나갔다.

혁범은 항상 그런 식으로 수진에게 선택권을 주었다.

표면적으로는 배려였지만 선택을 상대에게 미루는 것에 불과했다. 수진은 모든 것을 결정하면서도 자신이 결국 상대를 배려하고 말 거라는 걸 너무도 잘 알았다.

*

'코드 아키텍츠'의 중점 프로젝트인 오피스나 상업 시설 작업들을 보노라면 한때 혁범이 주택설계를 집중적으로 맡아 했었다는 사실이 믿기 힘들었다. 대형 건축물을 주로 설계하던 종합건축사사무소에서 수진이 다니던 건축사사무소로 옮긴 뒤로 혁범은 사내의 누구보다 주택을 많이 맡았다. 주택설계를 기피한 다른 실장들 때문에 유독 일이 혁범에게 몰렸다고 볼 수도 있었다.

주택설계를 기피하는 건 주로 건축주 때문이었다. 사무실이나 빌딩 같은 공적공간 설계 시엔 대개 평균적인 것을 기대하고 합의도 '사무적으로' 진행되지만, 개인주택의 건축주들은 자신이 정확히 뭘 원하는지 모르기 일쑤였다. 실제 들어가서 사는 것을 깊이 생각하지 않고 막연히 보고 들은 좋은 것들을 자신이 원한다고 착각했다. 가령 정원을 돌보는 일을 감당할 수 없으면서 단독주택이니까 막연히 뜰이 있기를 바라는 욕심 같은 것. 그래서 건축주가 진심으로 원하는 것을 현실에 적용 가능한 구체적인 그림으로 그려내기 위해 건축주의 이야기를 면밀히 경청하는 것이 건축가의 역할이었다. 설계안에서 건축주가 이해하지 못하는 부분이 조금이라도 있다면 충분히 소화시킬 때까지 정성을 다해 설명해야 했다. 그렇게 해도 의뢰 내용과 달리 중간에 변덕을 부리는 등, 성가신 일은 언제고 발생했고 그에 비해 설계비는 적었다.

"어려운 전문용어나 관념적이고 추상적인 말은 절대 사용하면 안 돼. 그리고 클라이언트의 말을 중간에 끊고서 이쪽 의도를 설명하는 짓은 더더욱 하면 안 돼. 그건 마치 '당신은 무식해'라고 지적하는 것과 같아."

이토록 세세한 부분까지 되짚으면서 다른 사람들이 기 피하는 일을 불평 한마디 없이 맡아 하는 혁범이 당시의 수 진은 잘 이해가 가지 않았다. 중요한 프로젝트를 맡을 때처 럼 도면도 어마어마하게 많이 그리고 모형도 늘 꼼꼼하게 만들었다. 그러고는 끝내 그 계획안과 똑같은 건축물이 나 오게끔 했다.

하루는 직접 물어본 적도 있다. 왜 주택이냐고. 전직해 온 뒤로 혁범이 희미하게나마 미소 짓는 것을 수진은 그때 처음 보았다.

"나는 사람들의 이야기를 듣는 게 좋아. 건축가는 이야 기를 듣는 직업이거든. 이야기가 충분히 쌓이면 거기에 의 미를 부여해 구체적인 형태로 보여주는 거지. 주택은 가장 개인적인 건축이라 참 정직하기도 하고."

그는 그 작업을 진심으로 좋아하는 것처럼 보였다.

"집은 남들에게 보여주기 위해 만드는 게 아니라 직접 들어가서 살려고 짓는 거잖아. 무엇보다도 그 안에서 편해야 해. 과시하기에만 좋고 실제로 사는 사람에게 불편을 주는 집은 의미가 없어. 그래서 자기 집을 짓기 위해서는 스스로에게 솔직해질 수밖에 없고 나는 사람들이 그렇게 열려가는 과정을 지켜보는 게 좋아."

수진은 턱을 괴고 혁범의 말을 경청하면서 감정이 조금 벅차오르는 것을 느꼈다. 그리고 혁범의 깊은 관심과 상냥한 경청에 의해 이미 집을 지었거나, 앞으로 짓게 될 모든 건축주들이 부러워졌다.

아침부터 가을비가 부슬부슬 내리던 어느 날 오후, 유명한 영화배우가 주택설계를 의뢰하러 사무소를 찾았다. 거동이 편치 않은 노모와 둘이 살 집을 짓고 싶다고 했다. 그녀는 혁범을 담당 건축가로 직접 지목했는데 아마도 누군가의 추천을 듣고 찾아온 것 같았다. 사무실 분위기가 들썩였다. 업계의 이목을 끄는 것을 은근히 좋아했던 사무소 대표는 기쁨을 감추지 못했다. 다른 실장들은 대놓고 혁범을 질시했지만, 다른 직원들은 선망의 시선을 그녀에게로 모았다. 다리를 다쳐 왼쪽 다리에 깁스를 하고 나타났지만 직접 본 배우는 정말 아름다웠다.

　서른 초반인 그녀는 명성에 걸맞은 스캔들로도 유명했다. 하지만 사무소 사람들이 가장 크게 놀란 건 그녀의 존재를 혁범이 전혀 모르고 있었다는 사실이었다. 일하지 않을 땐 주로 건축 관련 서적을 읽거나 클래식 음악을 듣는 혁범에게 그 배우는 그저 또 한 명의 건축주일 뿐이었다.

　검정 우산을 한 손에 들고 다른 한 손은 목발을 짚은 그녀의 등장만으로 사무소 안의 공기가 확 바뀌었다. 직원들의 소리 없는 긴장과 들뜸으로 터져나갈 것 같던 그날의 풍경이 수진에게는 여전히 생생했다. 오로지 수진만이 그 들뜬 소란 속에서 숨을 죽이며 불길한 예감을 뒤로하고 그 어지러운 광경을 관조하고 있었다. 혁범이 그녀를 안내했고, 맨 안쪽의 회의실 문이 찰칵 닫히는 소리가 들렸다.

　창밖의 비는 어느덧 거센 폭우로 뒤바뀌어 있었다. 환기를 위해 열어둔 창문 틈새로 풀 내음이 섞인 비 냄새가 비릿하게 코를 찔렀다. 그날 수진이 퇴근할 때까지도 회의실 문은 열리지 않았다.

7

　리모델링된 스웨덴 대사관저의 가장 큰 변화는 응접실의 벽을 많은 부분 헐고, 마당과 응접실 사이를 자유자재로 움직일 수 있게 통유리창으로 바꾼 데에 있었다. 수진에게 창밖 풍경은 건축물의 완성도를 가늠하는 중요한 일부여서, 내부에서 바깥을 보는 시선에 늘 신경을 썼다. 한쪽 거실 벽 전체가 마당의 울창한 나무숲을 담아낸 한 폭의 그림이었다. 한데 자세히 보면 연결병풍처럼 여러 창으로 분할이 되어 있었고 통유리문 다섯 개는 모두 90도로 시원하게 열 수 있었다. 크고 작은 모임을 치르는 대사관저 응접실의 물리적 규모를 확장하기보다 연결 창으로 개방감을 도모하고 마당을 응접실의 확장 공간으로 활용할 수 있도록 조경

회사와도 협업하여 새로이 마당을 가꾸었다.

개보수 이후 처음 열린 리셉션 파티는 선선하고 맑은 가을밤 열렸다. 손님들은 응접실과 마당 사이를 편하게 오갔다. 마당의 나무들은 한 달여 후에야 본격적인 크리스마스 장식에 들어갈 터였지만 오늘 밤은 주렁주렁 매달린 가지마다 노란 부채꼴 잎사귀와 조화를 이루는 은은한 노란 전구를 켜서 손님들을 반겼다. 실내 곳곳에 설치한 촛대들의 불빛은 따스하고 그윽한 분위기를 자아냈다.

혁범과 수진은 외근 후 그곳에서 보기로 했는데 수진은 조금 늦게, 거의 9시가 다 되어 대사관저에 도착했다.

짧은 머리에 스칸디나비아 문양의 천 머리띠를 헤어밴드처럼 두르고 검정 니트 원피스를 입은 수진이 입구에 들어서자 크루거 대사가 반갑게 다가와 양쪽 뺨에 비쥬를 했다.

"수진, 이게 다 수진 덕분이에요. 너무 근사합니다."

작년 초에 부임한 이 점잖고 다정한 40대 후반의 스웨덴 대사는 눈가 주름이 생기도록 환하게 눈웃음을 지으며 제법 유창한 한국말로 감사의 마음을 표했다. 그러나 일을 크게 벌이지 않고 리모델링만으로 만족스럽게 끝날 수 있었던 것은 크루거 대사의 촘촘한 요구사항과 출중한 미적 감각 덕이기도 했다.

　　손님들은 다이닝룸에서 카나페와 과일, 치즈 등을 작은 플레이트에 담아 와인과 함께 거실 소파나 정원에서 자유로이 즐겼다. 수진은 백포도주를 들고 응접실 벽을 따라 천천히 걸었다. 새로 교체하고 손본 곳들을 조심스레 어루만지며 지난여름의 시간들을 되새겼다.

　　"실장님, 여기 계셨네요. 소장님은 아까부터 와 계셨어요."

　　고개를 돌려보니 실내장식을 손봐준 윤 실장이 앞에 와 있었다. 윤 실장의 회사는 코드 아키텍츠와 자주 연계해서 호흡을 맞추는 곳이었다. 이번에도 기존에 있던 스칸디나비안 가구들에 한국 고가구를 조화시켜 호평을 받았다.

　　"마당에 계시던데요, '그분'하고요."

　　윤 실장은 한쪽 눈썹을 치켜세우며 비밀스럽게 소곤거렸다. 그녀는 물론 혁범과 수진의 사이를 알지 못했으니 악의는 없었다.

　　수진은 통유리 창가로 걸어가 부드럽고 아늑한 마당의

불빛을 배경으로 액자 속에 있는 것 같은 두 사람을 가만히 지켜보았다. 오기 전부터 수진은 두 사람이 같이 있을 거라고 예감했다. 이 순간만큼은 밖이 환히 보이는 구조로 설계한 스스로가 싫었다. 특히 '그분'은 멀리서도, 수십 명의 손님들 틈에서도 눈에 확 띄었다. 청바지에 헌팅부츠를 신고 큼지막한 베이지색 캐시미어 숄을 어깨에 두른 그녀에게 매료되지 않기란 불가능해 보였다. 작은 얼굴에 영롱하고 칠흑 같은 눈동자, 탐스러운 긴머리가 사람들의 이목을 모았다.

그녀가 혁범과 나란히 서 있는 모습은 언뜻 비현실적으로 보이기도 했지만, 묘하게 어울리기도 했다. 한때 부부로 나란히 서 있어본 사람들만이 빚어내는 어떤 익숙한 균형감. 두 사람은 진지하게 무언가에 대해 이야기를 나누고 있었는데 거기에는 둘 외에는 범접할 수 없는 공기가 감돌았다. 그 모습만으로도 두 사람이 생각보다 자주 연락을 취하며 살고 있다는 것을 수진은 알 수 있었다. 누군가를 많이 좋아하면 그런 것들은 자연스럽게 보였다.

*

    아름다운 유명 여배우이건 말건, 주변에서 어떤 소란을 피우건 말건, 혁범은 정원을 여느 건축주와 다를 바 없이 똑같이 대했다. 다만, 건축주에 대한 사전 스터디를 위해 그녀가 출연한 영화를 모두 챙겨보긴 했지만. 건축주의 무의식 속에 있던 '스스로에게 필요했지만 몰랐던 것'을 끌어낼 수만 있다면 혁범은 뭐든 할 수 있었다. 그렇게 지은 집은 살면 살수록 개인의 삶을 더 나은 방향으로 바꾸어준다고 혁범은 믿었다.

    정원의 주문은 간단하고 분명했다. 거동이 불편한 어머니가 안전하게 지내면서도 갇혀 있다는 느낌은 들지 않게 할 것. 작더라도 햇볕을 쬐고 바람을 쐴 수 있는 야외공간이 있을 것. 어머니와 함께하는 거실이 아닌, 정원 홀로 쓸 수 있는 침실 외의 휴식공간을 마련할 것. 모녀의 침실은 서로의 프라이버시를 위해 입구와 동선을 분리시킬 것. 혁범은 정원이 작지만 또박또박한 목소리로 일러주는 내용을 찬찬히 들었다. 그녀의 말을 끊지 않으면서 적시적기에 필요한 질문을 던졌다.

정원은 건축가에게 설계를 의뢰하는 것이 자신과 가족의 민낯을 그대로 드러내는 일임을 막연히 알았지만, 오랜 기간 스포트라이트 속에 있으면서 단 한 번도 받아보지 못한 종류의 질문들을 받으며, 자신이 난생처음 이해받고 싶은 방식으로 이해받고 있다는 걸 실감했다. 그 경험은 그녀의 마음 깊은 곳에 따스하고 온화한 바람을 조용히 불어넣었다.

　　어느새 정원은 매니저의 도움 없이 설계 진행 과정이나 설계비 예산 등을 직접 챙기고 있었고, 이 과정 모두가 생소하면서 신선했다. 혁범의 조언을 참고해가며 손수 중요한 결정을 내리는 자신의 모습이 퍽 마음에 들었다. 정원은 어느덧 혁범을 깊이 신뢰하고 있었다. 1년여의 시간이 지나 정원이 의뢰한 주택이 완공되었다. 공간은 크고 화려하기보다 심플하고 기능적이었고, 자연 소재가 풍부하게 사용되어 편안하고 아늑했다. 그리고 그 집은 두 사람의 신혼집이 되었다.

　　설계사무소 사람들은 정원이 '일반인'과 결혼한다는 인터넷 기사를 통해 이 소식을 알게 되었다. 다만 그 '일반인'이 그들이 매일 얼굴을 마주하는 과묵하고 예민한 그 남자일 거라고는 상상도 못 했다. 혁범은 단 한 번도 겉으로 티를 낸 적이 없었고 평소처럼 몇 가지 프로젝트를 묵묵히 동시 진행할 따름이었다. 화려한 연애 편력을 뒤로하고 정작 결혼 상대로는 일반인 남자, 그것도 자신의 집을 지어준 건축가를 선택한 정원은, 과거에 색안경을 끼고 그녀를 보던 사람들의 호감을 얻는 데 본의 아니게 성공했다.

사무소 동료들이 기사를 돌려보는 사이, 수진은 오로지 일에 집중하고자 그들에게서 등을 돌렸다. 아랫입술을 너무 꽉 물어서 피가 날 지경이었다. 두 사람의 소식을 아무리 피해보려고 해도 완전히 차단하는 데는 실패했다. 결혼과 동시에 아이를 가진 인터뷰 사진 속의 그녀는 눈부신 행복 안에 있었다. 사랑하는 사람이 지어준 집에서 사랑하는 사람과 같이, 그 사람과 함께 만든 배 속의 아이까지…… 모든 게 완벽했다. 아무리 과거에 끈적한 스캔들이 있었던들 마지막에 가서는 건실한 '일반인'과 결혼하는 것이, 유명인이든 영화배우든 결국 엇비슷한 임신과 출산의 고생을 겪는 '엄마'일 뿐임을 어필하는 것이, 동시대의 여성들에게 얼마나 열렬한 지지를 얻게 되는지를 그녀는 본능적으로 알고 있었을까. 그녀가 볼록 솟은 배를 자랑스럽게 어루만지던 그 사진의 잔상은 꽤 오래도록 수진의 뇌리에 남았고 한동안은 길을 걷다가 임산부만 봐도 심장이 뛰어 일부러 피해 다녀야 했다.

*

"무슨 생각을 그렇게 골똘히 하고 있어?"

정신을 차리고 고개를 올려보니 혁범이 와인잔을 들고 수진 옆에 서 있었다.

파티가 무르익어감에 따라 영어와 스웨덴어, 한국어가 뒤섞이는 소리가 더 커졌다.

"그냥 이 공간을 마음에서 떠나보내고 있었어요. 정이 들었었나 봐요."

"응, 아주 잘 마무리된 것 같아. 네 확신대로 잘해냈어. 대사님도 흡족해하시고."

혁범이 부드러운 눈빛으로 수진을 치켜올렸다.

"그런데 왜 여기 와 계세요. 전 괜찮으니까 다시 가보세요."

혁범은 대체 무슨 말을 하냐는 표정으로 미간을 찌푸렸다.

"희서 초등학교 입학 문제 때문에. 할 얘기는 다 했어."

혁범이 한 걸음 다가가자 수진이 몸을 움찔하며 옆으로

한 발짝 멀어졌다. 혁범이 낮게 한숨을 내쉬며 목이 멘 소리로 안쓰럽게 말했다.

"……그래서 물어봤잖아. 불편하지 않겠냐고."

혁범의 세련된 자상함, 그것은 분명 결혼 전과는 달랐다. 자상하지만 그 방식이 투박한 남자도 있다. 세련되게 자상하려면 경험과 훈련이 필요했다. 그는 아마도 전처와의 생활을 거쳐 세련되게 자상해지는 법을 배웠을 것이다. 실망시키고 싶지 않은 사람이 원하는 대로 하다 보면 어느새 몸이 자연스럽게 익히는 그런 것들. 그러나 바로 그 부분 때문에 혁범의 세련된 자상함은 수진을 못 견디게 만들었다. 저런 말을 하는 혁범이 참 못됐다고 생각했다. 밉기까지 했다.

그러나 미움은 사랑의 모습을 닮아 있기도 했다.

애초에 사람과 사람 간의 만남은 첫 순간에 이미 사랑하는 역할과 사랑받는 역할로 정해져버리는 것일까.

수진도 애초에 '불편하다'고 대놓고 말하지 못하고 상황을 그대로 놔둔 것을 후회했다. 그에 대한 책임이 자신에게도 있다고 인정했다. 좋아하는 사람에게 버림받고 싶지 않아서, 자기 억제와 상황 파악을 잘하고 마지막까지 좋은 모습을 보이려는 어릴 적부터의 습성은 쉬이 사라지지 않았다. 서운한 티를 내서는 안 된다고 생각했다. 상대를 지나치게 좋아하지 않아야만 상대와 대등해질 수 있다는 것을 머리로는 너무나 잘 알면서도 앞당겨 항복하고마는 몸의 루틴.

엉거주춤한 적막이 잠시 흐르는 사이, 정원이 바람결처럼 다가와 혁범의 팔을 붙잡았다.

"희서 아빠."

그녀는 옆에 서 있는 수진의 존재를 별로 의식하지도 않았다. 사실 그럴 필요가 없긴 했다. 수진은 감정을 지운 채 상사의 전처에게 고개 숙여 인사했다. 그제야 정원도 가지런한 하얀 이를 내보이며 미소로 화답했다.

"참, 아까 못 한 말이 있어. 당신 지금 잠깐 좀 괜찮아?"

'당신'이라는 호칭을 여전히 쓰는 그녀가 마치 자신의 자리인 듯 혁범에게 가까이 기대섰다.

"어."

그 말이 떨어지기 무섭게 그녀는 혁범을 데리고 다시 마당으로 나가면서 내내 옆에서 속삭였다. 원래 이혼을 하고서도 다들 이렇게 지내는 걸까, 아니면 유명하다는 저 여자만의 특수성일까. 세계에서 이혼율이 가장 높다는 스웨덴에서는 이혼한 후에도 부부가 잘 지낸다는 이야기가 마침 생각났다. 함께 있을 때 혁범이 슬쩍 보고서 응답하지 않았던 전화들은 모두 그녀였을 것이다. 그러고는 수진이 자리를 비우는 대로 바로 전화를 했을 터. 걱정해서건 단순히 몸에 밴 책임감이건 예의 '세련된 자상함'이건.

혁범은 아마도 과거의 한 시절처럼, 고개를 옆으로 기울인 채 정원의 말을 열심히 들어주고 있었다. 질투라는 것은 두 사람이 침대에 함께 있는 모습을 상상해서만 생기는 것이 아니었다. 자신이 좋아하는 사람이 다른 사람에게 미소를 짓고, 상냥하고 부드러운 눈매가 되는 것만으로도 사람은 얼마든지 고통을 느낄 수 있었다. 수진은 질투라는 감정이 어렸을 적부터 싫었다. 정확히는 질투라는 상태에 자신을 가두는 것이 싫어 애써 외면하거나 먼저 피해갔다. 물론, 그럴 수만 있다면.

"겉보기와는 달리, 되게 약한 사람이야."
언젠가 무슨 이야기를 하다가 혁범이 마치 제3의 인물을 냉철하게 평가하듯 정원에 대해 말했던 적이 있었다. 곁에서 늘 보듬어주고 챙겨줘야 하는 여자와 자기 일을 할 때는 다른 일에 신경을 못 쓰는 남자가 만났다는 게 저들의 문제였을까.

수진은 혁범이 무척 신기했다. 일에 있어서는 더할 나위 없이 야멸차고, 논리적이고, 옳은 말밖에 하지 못하는 그가 관계를 맺고 끊는 데에서는 이성적이지 못하고 말이 안 되는 행동을 보인다는 게. 이혼만큼은 확고하게 결정하고 실행에 옮겼다지만 그 외엔 스스로 아무것도 결정하지 못하고, 우유부단하게 휘둘릴 수 있다는 게. 대체 무슨 생각인 걸까.

생각을 너무 깊게 하다 보면 헛구역질이 났다. 그 광경의 위화감을 남들은 알아채지 못했기에 혼자 더 괴로웠다. 차라리 보이지 않았으면 좋았겠지만 확 트인 이곳에선 달리 방법이 없었다. 수진은 이쯤에서 생각을 끊어내기로 작심하며 전화기를 꺼내 충동적으로 어딘가에 문자메시지를 보냈다. 멍하니 몇 분쯤 흐르고 나서야 괜한 짓을 한 게 아닌가 싶어 두 눈을 질끈 감았다. 다시 문자를 보내려는데 답신이 왔다.

그곳에 그대로 있으라고, 지금 당장 데리러 가겠다고. 그 아이가 말없이 외치고 있었다.

8

대사관저 대문을 열고 나가자 파랑과 노랑이 교차하는 스웨덴 국기 아래에 기다란 그림자를 드리운 한솔이 서 있었다. 작업을 마치고 온 터라 복장이 엉망이라고 사전에 양해를 구했지만, 무릎까지 오는 카키색 후드 점퍼와 바랜 청바지 차림이 그에게 퍽 어울렸다. 한솔은 수진을 보자마자 반가움에 함박웃음을 지었다.

두 사람은 가파른 언덕의 구불구불 내리막길을 따라 천천히 걸었다.

전통적인 고급주택가로 오랜 시간 보존되어 있던 곳이라 커다란 소나무와 은행나무가 풍성한 가로수를 이루고 있었다. 청량하고 맑은 가을바람이 얼굴을 스쳤다.

"나무 냄새가 나요. 이 동네 참 좋네요."

눈을 감고 기분 좋은 표정을 지으며 한솔이 길게 심호흡을 했다.

"쉬는 날이면 가끔 버스를 타고 아무 동네에나 내려서 골목길의 집들을 차근차근 둘러봐요. 각기 다른 동네의 낮과 밤, 계절의 변화를 지켜보는 것이 좋아요. 어린 시절 할머니 할아버지와 살았던 향수가 있어서인가 봐요. 그리고 종종 생각해요. 건축 일은 정말 근사한 것 같다고."

두 사람은 호주 대사관저와 네팔 대사관저를 지나 조선시대 말기에 지어진 성락원의 돌담길을 따라 천천히 걸어 내려갔다.

"건축 일은 근사하지만, 건축하는 사람은 별거 없어요."

수진이 콧등을 찡그리며 한솔의 말에 토를 달았다.

"고마워요."

"뭐가요."

"이렇게 다시 수진 님을 볼 수 있게 해줘서요." 수진은 고개를 돌려 착잡해진 표정을 숨기며 작은 목소리로 말했다.

"저는 아무리 분위기가 좋아도 사람들 많은 장소엔 오래 못 있는 체질이에요. 문득 호젓하고 조용한 장소가 그리워져서."

"저는 누군가 나를 필요로 할 때 행복감을 가장 크게 느끼는 체질이에요. 같이 산책할 사람이 필요해지면 또 언제든 연락 주셔야 해요, 아셨죠?"

시선을 자연스럽게 피하는 수진을 똑바로 바라보며 한솔이 말했다.

그렇게 두 사람은 조곤조곤 말을 섞으며 완만한 경사의 마지막 언덕길을 걸어 평지까지 내려왔다. 노란 가로등 불빛 아래를 지날 때마다 한솔은 반보 앞서 걷고 있는 수진의 옆모습을 물끄러미 훔쳐보곤 혼자 미소 지었다.

"수진 님의 이야기를 듣는 게 좋아요. 일 얘기나 사람들 이야기, 옛날이야기를 듣는 것도 좋고, 이야기하다 잠시 생각에 잠기는 모습도, 혼잣말하면서 뿔내는 모습도 좋아요. 그게 무슨 말이든 수진 님 이야기를 듣고 있으면 마음이 편해져요."

작은 상점들의 환한 불빛과 사람들의 소음이 두 사람을 덮치기 전, 신호등이 초록불로 바뀌는 것을 기다리며 한솔이 말했다.

"그건 저를 너무 과대평가하는 거예요. 다른 사람이라면 꼰대 같다고 할지도 몰라."

수진은 두 눈을 가늘게 뜨며 허탈하게 웃었다.

"저, 집까지 데려다줄래요?"

수진은 허탈한 미소를 그대로 유지한 채 담담한 어조로 한솔에게 물었다. 그는 잠시 놀라움에 침묵했다가 천천히 하지만 다부지게 대답했다.

"네, 그럼요. 말씀하시지 않아도 그러려고 마음먹고 있었어요."

"그래요? 그럼 다른 부탁을 해야겠네요."

"얼마든지요!"

한솔의 목소리 톤이 조금 어색하게 올라갔다.

"오늘 밤 나와 같이 있어줄래요."

그는 이번에는 할 말을 잃었다. 수진도 그 말을 하고 나서는 입을 꾹 다물었다. 두 사람 사이로 밀도 높은 침묵과 사사로운 떨림이 오갔다.

한솔은 수진을 흘깃 보았다. 그 옆모습에는 여러 가지 복잡함이 차갑게 뒤엉켜 있었다. 그것이 한솔을 무척 슬프게 만들었다. 예전부터 한솔은 입을 다문, 생각이 많은 이들은 대개 '상처받은 사람들'이라고 여겼다. 상처받은 사람들은 스스로를 단련시켜 상처와 마주하려고 애쓰지만 그 노력들이 자주 혼란을 겪으며 실패하는 것을 한솔은 자주 목격했다.

한솔은 찬 바람에 무방비 상태로 드러난 수진의 목덜미가 눈에 걸려 자신의 후드 점퍼를 벗어 어깨에 걸쳐주었다. 이윽고 신호등이 초록색으로 바뀌자 그가 말없이 수진의 손을 잡아 깍지를 끼고 횡단보도를 건넜다.

*

피부를 맞닿는 것, 상대의 온기를 몸으로 느끼는 것, 그것 외에는 사람은 진정으로 위로받을 수 없다고 한솔은 예전부터 생각해왔다. 그에 곁들인 대화, 시선, 배려, 냄새, 주고 싶은 마음과 빼앗고 싶은 마음. 상냥한 말 백 번을 건넨다 해도 사람은 말만으로는 진심으로 위로받지 못한다고.

그렇다 해도 지금 이 상황이 '괜찮은지'에 대해 한솔은 혼란스럽기만 했다. 그러니 직접 물을 수밖에.

"⋯⋯괜찮아요?"

여전히 수진의 손에 깍지를 낀 채로 한솔은 걱정 어린

눈빛으로 수진에게 물었다. 수진은 손등으로 자신의 두 눈을 가리며 말없이 고개를 끄덕였다. 수진은 왜 한솔이 걱정하듯 물었는지 알고 있었다. 한솔이 잠시 주저하자 수진은 두 손으로 한솔의 몸을 자신에게로 끌어당겼다.

"……아프지 않아요?"

수진은 물리적인 고통을 조금 느꼈지만 그것이야말로 바라던 바였다. 적어도 그것은 마음의 고통을 무디게 해주는 진통제 역할을 해주었다.

마음이 무너져 내릴 때면, 완전히 무너져 내리는 것을 막기 위해 수진은 이런 하룻밤들을 보냈다. 두려움이 마비된 상태로 스스로를 막다른 골목으로 내몰았다. 독으로 상처 부위를 봉합하는 것은 아프고 난폭한 방법이었지만 효과는 나쁘지 않았다.

'내가 조금 나쁜 짓을 해야만 내 안의 균형이 유지돼.'

상대는 대개 또래나 연상이었고 그 일이 그날 하루에만 국한된 일회성 사건, 이라는 자각과 합의가 양쪽에 있었다. 성숙하다면 성숙하고 건조하다면 건조했다. 그래도 그 순간만큼은 서로에게 솔직했다. 괜한 머리를 쓰거나 어림짐작할 필요가 없었으니 홀가분했다. 예민한 남자라면 자신이 누군가의 대타구나 하는 자각을 가졌겠지만 누구나가 어른스럽게 함구했다. 다음 날 아침이면 공허함조차 남지 않고 모든 것이 말끔하게 지워졌다.

창밖으로 새벽길을 질주하는 차들의 소리가 들려왔다. 한솔은 누운 채로 가만히 수진의 몸을 옆으로 돌려 자신과 마주 보게 했다. 한 몸을 만드는 대신, 온몸을 밀착시켜 자신의 체온을 수진에게 나누었다. 그리고 오른손으로 감겨 있는 수진의 눈두덩을 부드럽게 어루만졌다. 수진이 눈을 뜨자 당장 울 것만 같은 한솔의 그렁그렁한 눈망울이 보였다. 당신이 슬픈데 내가 어떻게 기쁠 수 있겠냐는 듯이.

"왜 무리하고 그래요……."

한솔이 수진의 뺨을 어루만지며 속상한 목소리로 채근했다.

"우리, 불편한 건 무엇 하나도 하지 말아요."

한솔은 수진의 둥근 이마에 입을 맞추고, 수진의 뻗친 윗머리를 쓸어 넘기며 얼굴 부위마다 시선을 고루 머물게 했다.

그러고 나서는 까만 점이 박힌 수진의 왼쪽 젖가슴에 귀를 갖다 댔다. 작지만 정확한 박자에 맞춰 심장이 뛰고 있었다. "심장이 쿵쾅쿵쾅 잘 뛰는 게 너무나 대견해요." 천진한 그 말에 수진이 피식 웃으며 행복해하자 이번에는 그가 사뭇 진지한 표정으로 돌변했다. 한솔은 눈을 감은 채, 수진의 젖가슴이 그리는 모든 곡선에 세심하고 느릿하게 입맞춤을 했다. 그러면서도 중간중간 수진의 얼굴 표정을 확인하는 걸 잊지 않았다. 마치 그래야 안심이 된다는 듯이.

이제 그는 몸을 천천히 아래로 낮춰 그녀의 배꼽에 가볍게 입을 맞추고, 조금 더 내려가서는 한참 전부터 손바닥으로 온기를 지켜주던 그곳에 조심스레 입술을 갖다 댔다.

"아."

수진은 짧게 소리 내며 몸을 뒤틀었다.

"……아파요? 아프면 말해줘야 해요."

하지만 그는 자신이 결코 수진을 아프게 하지 않으리라는 것을 그 누구보다도 잘 알고 있었다.

한솔은 오로지 그곳에 입을 맞추는 데에만 몰입했다. 수진은 두 손으로 머리카락을 움켜잡아 그를 밀어내려고 애써보았지만 소용없었다. 상냥한 그도 지금만큼은 고집스럽고 단호했다. 절대 보내줄 수 없다는 듯이 한솔은 두 팔로 수진의 허벅지를 바짝 끌어안았다. 수진은 체념한 채 두 팔을 머리 위로 쭉 뻗으며 힘을 풀어버리고 말았다. 그러자 다른 곳보다 더 하얗고 부드럽고 취약한 그녀의 겨드랑이 살이 드러났다. 눈을 질끈 감은 수진의 모습을 보면서도 한솔은 이번엔 괜찮냐고도, 아프냐고도 묻지 않았다. 왜냐하면 그렇지 않다는 증거가 넘쳐흘렀으니까.

"……너무 예뻐요."

잠시 얼굴을 뗀 한솔이 목이 메어 말했다. 수진은 부끄러워 노골적으로 표정을 한껏 찡그렸다. 하지만 두 사람다 그것이 고통이 아닌 환희의 표정임을 이해하고 받아들였다.

수진은 그 밤 내내 몸의 감각이 제멋대로 깨어나는 놀라운 일을 속으로 가만히 응시했다.

9

그 밤이 지나면 수진이 남자들을 다시 볼 일은 없었다. 서로 구태여 말을 하지 않아도 암묵적으로 합의된 어른들의 약속이었다. 그러니 그 누구도 상처받지 않았다. 그들은 수진이 가진 완고한 벽을 예민하게 감지했고, 그것을 어른스럽게 존중했다.

오로지 한솔만이 그것을 전혀 알아차리지 못했다.

수진 님께,

크리스마스만 바라보는 아이처럼 어제 같은 날을 기다렸나 봐요.

오늘부터 어떻게 살아야 할지 모르겠어요.

어떤 예감이 있었던 건지, 어젠 아침부터 시간이 참 빠르게 지나갔어요.

하루 종일 시계만 본 것 같아요. 저녁에 연락받고 수진 님을 만나러 가기까지의 시간은 너무나 느리게 흘렀지만요. 문자를 받고 얼마나 기뻤는지 몰라요. 다시 만날 수 있을 거라는 기대를 일부러 안 하려고 애썼으니까요.

대사관저 입구에서 처음 마주했을 때 서로 얼굴을 똑바로 쳐다보지 못했던 순간, 성북동 내리막길에서 보았던 바람에 흔들리던 나무들, 택시 안에서 어두컴컴한 하늘을 말없이 올려다보던 수진 님의 그늘진 옆모습, 그리고 택시에서 내려 집까지 함께 걷던 가로등 아래의 좁은 길목.

밤늦게까지 열려 있던 아파트 앞 상가의 과일 가게에서 우리는 사과와 단감을 고르고, 슈퍼에 가선 생수도 샀죠. 2리터짜리 한 통을 장바구니에 넣은 걸 보고 아예 한 묶음을 사 가자고 말하길 참 잘했다 싶어요. 생수 페트병 한 묶음 정도는 하나도 무겁지 않은데 걸어가는 내내 제게 미안해하셨죠. 그렇게라도 쓸모가 있어서 얼마나 흐뭇했는지 몰라요. 함께 집까지 걷는 길도 너무나 행복했어요.

사실 짐꾼 노릇만 하고 집 앞까지만 갔다가 바로 가려고 했어요. 몇 번이고 마음을 다스리려 노력했어요. 어이없게 마지막에 실패해버리고 말았지만요. 한편으로는 우리가 함께 나눈 모든 일들이 꿈 같기도 해요. 그래서인지 제 옆에서 희미한 미소를 짓던 수진 님의 모습을 떠올리면 쓸쓸해져요. 이제 겨우 하루 지났을 뿐인데 기억이 부분부분 생각나는 것도 서운하고요.

　　태연하게, 아무렇지도 않은 척, 평소처럼 일에 집중하고 싶었어요. 그런데 바람이 불어올 때마다 제 몸에서 어제 수진 님을 안았을 때의 향기가 나는 것 같았어요. 그러다가 다른 냄새가 섞이면 어떻게든 다시 그 향을 떠올리려고 노력했어요. 그 향이 잊혀지는 게 너무도 슬펐어요.

　　티셔츠를 세탁기에 넣으려다가 수진 님의 향수 냄새가 남아 있을까 싶어 맡아보았어요. 이런 제가 조금도 부끄럽지 않아요. 피부 감촉도, 몸에서 나던 향도, 잔잔한 숨소리도 그 무엇 하나 잊지 않고 다 간직하고 싶어요. 언제까지고 함께 지낸 어제의 시간들이 떠오를 거예요. 부디 오늘 밤은 푹 주무세요.

한솔 올림

수진은 한솔의 편지를 읽으며 누가 심장을 움켜쥐는 것 같다고 느꼈다. 나지막이 한숨을 내쉬었다. 수진이라고 한솔의 모습이 기억나지 않는 게 아니었다. 횡단보도에서 수진이 한 말에 얼굴이 빨개지며 눈이 휘둥그레지던 모습, 택시 뒷자리에서 허리를 쭉 편 채로 앉아 근심 어린 표정으로 내내 정면만 보던 모습, 양손에 짐을 한가득 들고도 가벼웠던 발걸음, 수진의 집 현관 앞에서 머뭇거리던 모습. 그러나 이미 모두가 지나가버린 일이었다. 이제는 들뜬 그 마음이 저절로 진정되기를 말없이 기다리는 수밖에 없었다.

*

며칠 후 그가 짧은 편지를 다시 보냈다. 아마도 최선을 다해 줄이고 또 줄이고 나서도 꾹꾹 눌러 담았을 편지였다.

수진 님께,
어린아이같이 굴어서 죄송해요.
며칠간, 혼자 너무 앞서가지 말자고 다짐하고 있었어요.
걱정도 컸어요. 지금이라도 늦지 않은 게 아닐까, 이런 마음이 드는 걸 당장 멈춰야 하는 게 아닌가 하고요.

하지만 너무너무 좋은데, 그 너무너무 좋다는 게 얼마나 좋은 건지도 이제는 잘 모르겠어요.

한솔 올림

죄송하다고 하면서, 여전히 좋다는 고백을 하는 그 마음에 수진은 속이 울렁거렸다. 그러나 이것으로 되었다. 그는 아마도 답장을 받지 못하고 있는 이유를 이해했을 것이다. 다른 이해심 깊은 남자들이 그래 왔던 것처럼. 이럴 때 괜한 한마디를 보탤 필요는 없었다. 그것은 친절함을 가장한 잔인함에 불과했다.

초저녁부터 비가 거세게 퍼붓던 늦가을 밤, 이번에는 한 통의 기나긴 편지가 도착했다.

수진 님께,

요새 밤에 잠을 잘 못 자요.

수진 님을 탓하려는 건 아니에요. 간혹 그래 왔어요. 그때마다 무리해서 잠들려고 애쓰지 않고 고요한 밤 시간을 있는 그대로 응시하려고 해요. 책을 읽기도 하고, 잠시 멈추고 다른 생각을 했다가 밀린 일기를 쓰기도 하고, 오늘은 요양원에 계신 할머니께 편지를 썼어요. 쓰는 행위는 마음을 차분하게 하는 효과가 있는 것 같아요.

하지만 수진 님께도 뭔가를 쓰고 싶어서 울컥했어요. 오늘도 텅 비었을 것이 뻔한 메일함에 시도 때도 없이 들어가보고, 몇 번이나 메일을 썼다 지우기도 했어요. 비가 많이 내려서 더 감상적이 되었는지도 모르겠어요.

그날로부터 벌써 일주일이 다 되어가네요. 지난번에 우리가 마주 보고 누워 있을 때 제게 물으셨죠. 나를 좋아하냐고. 제가 고개를 끄덕이니까 언제부터 나를 진심으로 좋아했냐고 또 물으셨죠. 그때는 처음 본 순간부터, 라고 말했지만 곰곰 생각해보니 가장 정직한 대답은 함께 밤을 보낸 다음 날 새벽, 수진 님의 집에서 나온 다음부터인 것 같아요. 작별 인사를 했던 그 순간부터, 마음이 아플 준비를 해두어야겠다고 생각했던 바로 그때부터요. 나의 이기심을 우선하면 안 된다, 그럴 상대가 아니다, 라고 스스로를 타일렀어요. 그렇게 다짐하면서 집으로 돌아오는데, 이게 어쩌면 마지막일지도 모른다는 생각이 드니까 미쳐버릴 것만 같았어요.

다음 날부터 하루 종일 수진 님이 생각나서 편지를 쓰고, 몇 날 며칠을 수진 님 생각으로 보냈어요. 그러고는 또 못 참고 이렇게 먼저 편지를 보내고 있고요. 이메일 수신 확인에서 빨갛게 '읽음' 표시가 뜨면 심장이 빨리 뛰어요. 수신 확인 기능을 처음 만든 사람이 야속해지기도 했어요. 훗날 그것이 사람들의 마음에 지진을 일으키리라고 상상이나 했을까요. 이렇게 괴로워하라고, 몇 번이고 괴로워하면서 자기 마음속을 깨달으라고 만든 것 같아요.

저는 모든 두려움을 그냥 내려놓기로 했어요. 보고 싶으면 보고 싶은 대로, 생각나면 생각나는 대로 두고요, 잠이 안 오면 밤을 지새우면서 자연스럽게 물 흐르듯 놔두려고요. 저는 그렇게 혼자 벅차서 슬퍼하기도 하고 기뻐하기도 하겠죠. 수진 님의 답장이 없어도 쓸쓸하지 않다고 하면 거짓말이겠지만 그날 우리가 함께 보낸 시간이 너무나 소중해서 다른 건 아무래도 상관없어요.

식물을 키우다 보면 사소한 것들이 다 눈에 들어와요. 저는 수진 님을 제 마음대로 할 수 없다는 것을 알아요. 수진 님이 조금이라도 무리하는 걸 보고 싶지 않아요. 식물을 키우는 사람들은 어쩌면 그 누구보다도 때를 기다리는 법을 잘 아는 사람들일 거예요. 그러니까 수진 님, 제가 드리고 싶은 말은, 지금도 만나고 싶은 마음은 이루 다 말할 수가 없지만, 저는 괜찮아질 거라는 거예요.

한솔 올림

있는 힘껏 인내하는 그를 지켜보며 수진은 마음이 쓰라렸다. 그러나 이제 와서 뭐라고 말할 수 있을까. 후회하거나 미안해할 일, 상대를 희망 고문에 빠트리는 일은 어른스럽지 못한 일이다. 그것은 연상이 연하에게 도의적으로 해서는 안 되는 일이었지만, 한솔을 보며 성숙함은 나이와 별 상관이 없다는 것을 인정하지 않을 수 없었다. 그러면서도 마음 한편에서는 '왜 만나자고 말 못 해요?'라고 다그치고 싶은 충동이 들끓었다.

'나는 최악의 인간이야'라고 수진은 생각했다.

가을의 마지막 비가 그치자 기온이 뚝 떨어졌다. 가로수들은 마지막 남은 잎새들을 떠나보내고, 거리의 사람들은 하나둘씩 코트와 점퍼를 꺼내 입기 시작했다.

10

올해의 마지막 전체 회의가 대회의실에서 진행되었다. 오전 세션에는 입사 연차가 낮은 주니어 둘이 올해와 내년도 업계 동향에 대해 발표하고, 사무장이 내년에 예정된 설계와 시공 프로젝트 전반에 대한 브리핑을 진행했다. 각자 자리에 앉아 주문한 점심 도시락을 먹은 후, 오후에는 혁범이 상반기에 있을 설계 경합 안건을 공유했다. 지명을 받아 참가한 것도, 두 대표의 판단에 따라 먼저 도전장을 내민 것도 있었다. 각 경합마다 팀 구성과 협력 업체 연계도 논의했는데 혁범은 의식적으로 수진을 자신이 이끄는 팀에 넣지 않았다.

'넌 이제 나한테서 배울 건 다 배웠어.'

얼마 전에 혁범이 언뜻 쓸쓸한 미소를 띠며 말했었다. 그 표정은 예전의 어느 날을 떠올리게 만들었다.

*

혁범의 결혼 소식이 사무소에 퍼진 날, 수진은 옥상 테라스에 갔다가 발코니 창에 몸을 기대고 하늘을 올려다보던 그의 뒷모습과 마주했다. 쨍하게 파란 하늘이 하염없이 펼쳐져 눈이 부셨다. 수진은 저절로 손차양을 만들었는데 덕분에 표정을 가릴 수 있어 다행이라 생각했다.

"축하드려요, 실장님."

혁범은 수진의 목소리를 듣고 몸을 앞으로 돌렸다.

"그래, 고마워."

지친 목소리였다. 수진은 단둘이 있는 지금, 그동안 마음속으로 품어왔던 말을 내뱉어야 한다는 확신이 들었지만 목에서 턱 걸리기만 할 뿐 나오지 않았다. 이 사람은 이 순간에도 평소와 무엇 하나 달라 보이지 않았다.

"혹시…… 일 그만두시는 건 아니죠?"

수진이 겨우 입을 열어 꺼낸 엉뚱한 말에 혁범이 힘없이 웃었다.

"아니 무슨 질문이 그래?"

수진이 계면쩍은 표정을 지었다. 그는 팔짱을 끼고 진지하게 말했다.

"내가 너네 놔두고 어딜 가니? 아직 가르쳐야 할 게 산더민데."

그 순간 그의 얼굴에 쓸쓸한 미소가 지어졌다. 어쩌면 그것은 수진의 슬픈 마음이 투영되어 그렇게 보였는지도 몰랐다.

정작 별다른 전조 없이 하루아침에 사무소를 그만둬버린 것은 수진이었다.

런던으로 떠나면서 사용하던 휴대폰은 정지시켰다. 귀국 후에야 확인해보니 혁범으로부터 온 음성메시지가 네 차례 녹음되어 있었다.

대체 왜 그랬니,

다시 생각해보아라,

설명을 해줘야 이해할 것 아니냐,

내가 너를 이렇게 하라고 가르쳤니, 라고 울컥하는 목소리까지……. 수진은 두세 번 반복해서 듣고는 결국 지워버렸다.

그리고 얼마 뒤 수진은 대학원 시절 조교로 있었던 교수의 추천으로 작은 규모의 설계사무소―아틀리에, 라고 불렀다―에 들어가 일하면서 건축사 시험을 준비했다.

건축 사진전에서 설계사무소의 옛 동료인 태영과 마주치기 전까지 수진은 과거의 이름들은 모두 지운 채 지냈다. 태영은 수진을 발견하고 무척 반가워했다. 같이 일할 때 태영이 호감을 보이며 다가왔지만 수진은 에둘러 그의 마음을 거절한 적이 있었다. 일과 혁범 외엔 그 무엇도 자신의 삶에 비집고 들어오지 못하게 하던 시절이었다.

"어련히 알아서 잘 살고 있었네. 하긴 우리 설계사무소 다니면서 건축사 시험 준비하는 건 사실상 불가능하니까. 시험 통과하면, 어디 갈지는 생각해둔 거야?"

갤러리 안 카페로 자리를 옮긴 뒤 태영이 아이스 아메리카노를 한 모금 들이켜며 물었다.

"글쎄, 아직은. 가까스로 5년 채워 시험 칠 자격이 된 것만으로도 감사해야지. 일단 따두면 나중에 뭐라도 도움은 될 거고."

"맞다, 너 강혁범 실장님 소식은 알고 있지?"

수진은 혁범의 이름 석 자가 갑자기 튀어나오자 흠칫 진저리를 쳤다. 그러고는 최대한 담담하게 머리를 좌우로 흔들었다.

"실장님, 이혼하고 사무소도 그만두셨어."

태영이 다리를 반대쪽으로 바꿔 꼬면서 이야기를 계속했다.

아이가 태어나고 아내분이 심한 산후우울증에 걸렸었대. 아이를 다치게 할까 봐 제 발로 병원 입원을 할 정도로. 그런데 나중에 알고 보니 병원에 들어간 게 아니라…… 아이는 유모와 친정어머니한테 맡겨두고 다른 남자한테 가 있었대. 상대가 배우 B라는 소문이 있는데 정확치

는 않아. 그 일이 직접적인 원인이 되었는지는 알 수 없지만 아무튼 그 후에 실장님은 재산분할도 양육권도 다 포기하고, 조용히 이혼을 처리했나 보더라. 다만 그분이 소개한 다른 유명한 건축주들이 얽혀 있어 소장님께 폐를 끼친다고 생각했는지 실장님은 결국 사표를 내셨어. 소장님은 잡는 척을 하시긴 했지만 그게 진심이었는지는 모르겠고. 원체 능구렁이 같은 양반이라…… 물론 잡았다 해도 실장님이 남을 분이 아니지.

그렇지, 혁범은 남에게 부담 주는 걸 끔찍하게 싫어하

는, 결벽증이 여간 아닌 남자였으니. 수진은 그런 고집을 여전히 가지고 살아가는 그가 문득 몹시 그리웠다.

반년 후 건축사 시험에 합격한 수진은 혁범의 바뀐 연락처를 알아내 전화를 걸었다. 대학 동기와 새로이 설계사무소를 차린다는 소식은 들어 알고 있던 차였다.

"여보세요."

익숙한 저음의 목소리에 수진은 숨이 멎을 것만 같았다. 마른침을 삼키고 단도직입적으로 용건을 밝혔다.

"실장님과 다시 일하고 싶어요. 물론 실장님만 받아주신다면요."

수화기 너머로 잠시 침묵이 이어졌다. 그사이 수진은 몇 번이고 아랫입술을 깨물면서 호흡을 가다듬었다. 다음엔 무슨 말을 해야 하나 생각하면서.

"좋아."

소식이 끊기고 나서 한참 만에 온 수진의 연락에도 혁범은 바로 어제까지 같이 일했던 사람처럼 굴었다. 너무나 그다워서 수진 안에선 또다시 그리움이 치솟아 올랐다.

"실장님은 그동안 제가 어떻게 사는지 궁금하지 않으셨어요?"

또 한번의 정적.

"전 그동안 단 한 번도 실장님을 잊은 적이 없다구요."

"바보 같은 놈."

그가 누그러진 목소리로 말했다. 미소 짓는 혁범의 모습이 눈앞에서 보이는 것만 같았다. 수진도 고개를 숙이고 소리 없이 웃었다.

한겨울 날 밖에서 전화를 받아서인지, 호흡이 가쁘고 입이 얼어 발음이 부정확했던 혁범의 담담한 목소리를, 수진은 오래도록 기억했다. 그 후로도 일부러 퉁명하게 굴던 그 목소리를 떠올릴 때마다 수진은 심장이 저릿했다. 전화 통화를 하고 난 그다음 주, 수진은 '코드 아키텍츠'에 합류했다.

*

아직 쓰지 못한 휴가는 연초까지 알아서 다 챙겨 쓰라는 사무장의 공지를 끝으로 전체 회의는 마무리되었다. 이로써 새해 첫째 주까지 '코드 아키텍츠'는 사실상의 긴 휴가에 돌입했다.

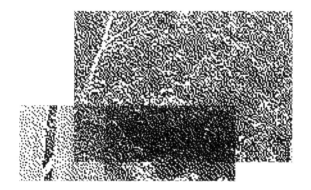

2부

1

"출발이 언제라고 했지?"

두 번째로 함께 보내는 성탄전야에 두 사람은 로스트 치킨과 감자 샐러드를 사이에 두고 수진의 집에서 간단히 저녁 식사를 취하고 있었다.

"모레 저녁이요. 7시."

넉 달 전쯤, 그간 못 쓴 연차휴가를 연말에 다 소진하라는 사무장의 지침이 있던 날 수진은 포털 사이트를 보다가 저렴한 가격에 올라온 유럽 노선 얼리버드 비즈니스클래스석 프로모션을 충동적으로 예약해버리고 말았다. 당시엔 너무 바빠서 어디에 갈지 차분히 고민할 여유조차 없었다.

"그러고 보니 런던 간 지도 오래됐다."

혁범은 눈을 지그시 감으며 테이블 너머로 수진의 오른손목을 잡아끌어 손등을 천천히 어루만졌다. 간접 조명에 그림자가 드리운 그의 옆얼굴을 가만히 응시하면서 수진이 서늘한 눈빛으로 말했다.

"그럼 나랑 같이 가면 되잖아."

"……미안."

혁범이 복잡한 표정을 지어 보였다.

그는 분명히 지난주에 같이 가지 못하는 이유를 말한 바 있었다.

'어쩌면 성탄 연휴에 아이를 데리고 가까운 곳에 여행을 갈 수도 있어.'

혁범은 평소와 다를 바 없이 담담한 톤으로 그 일을 알려주었지만 수진은 그의 목소리에서 독특한 떨림을 읽었다. 그리고 오늘 밤 그는 이곳에서 자고 가지 않을 것이다. 혁범은 아이가 크리스마스날 아침에 눈을 뜨는 그 순간에 자신이 있기를 바랐다. 아이에게는 성탄의 기쁨을 누릴 권리가 있다고 수진은 수긍했다. 자신은 다음 날 아침까지 같이 있어주지 않으면 토라지는 어린아이가 아니었으니까. 어릴 적부터 수진은 항상 최악의 상황을 상상했다. 그러고는 최악의 상황에 대비해 마음의 준비를 해두는 게 습관이 되었다. 그렇게 하면 우려했던 대로 나쁜 일이 일어난다 해도 결코 최악까진 가지 않았다.

다만 평소엔 괜찮다가도 가끔 돌연히 감당이 안 되고 마음이 축 처질 때가 있었다. 늦은 밤 불면이 깊어갈 때, 생리 전일 때, 혹은 아무런 의도가 없는 걸 알면서도 누군가의 한마디에 턱 하고 마음이 걸릴 때. 그런 날이면 수진은 평소보다 1.5배나 긴 구간을 달렸다. 바람을 가르며 스스로를 다독이면서 그 무거운 시간들로부터 도망쳤다. 냉정하게 바라보면 외로움과 혼란, 불안은 현생을 사는 누구나가 겪어야 하는 문제였다. 이 나이에 어리광 따윈 부리는 게 아니라고 수진은 자주 생각했다.

'욕심이 지나치면 화를 불러.'

엄마가 곧잘 자신을 타이르며 했던 말도 기억났다.

수진은 혁범과 지내면서 느끼는 형언하기 힘든 쓰라림을 어떻게든 감미롭게 바라보려고 애썼다. 좋아하는 일과 좋아하는 사람을 동시에 곁에 두는 것 외에 인생에서 무엇을 더 바랄 수 있겠는가.

실제로 혁범은 '결혼'에 대해 냉소로 일관해왔다.

"결혼은 그다지 좋은 제도라고 할 수 없어."

대화 중에 휙 지나가듯 내뱉던 그 말을 수진은 또렷이

귀담아들었다.

"그러는 당신은 한 번 했었잖아요."

수진이 웃으며 낮은 목소리로 힐난했다. 잠시 침묵이 있었다. 혁범은 초점 없이 어느 한곳을 바라보다가 다시 천천히 말문을 열었다.

"그건 내가 어리석어서 그랬던 거야."

그 말은 수진의 마음을 어지럽혔다. 이성적이고 자기중심적인 한 남자를 이토록 어리석게 만들어버릴 정도의 그 무엇. 밉고 못된 말이라고 생각했다.

두 사람이 처음 몸을 섞은 날, 혁범은 이렇게 말했다. 너에겐 오로지 진실만을 말할 거라고. 결혼생활의 거짓됨에 상처가 너무 깊어서인지, 토로하듯 다짐하는 그에게서 통렬한 고통이 느껴져 수진은 마음이 아팠다.

"진실이 쓰거나 달아도요?"

희미한 어둠 속에서 마주 보고 누운 혁범에게 수진이 물었다.

"응, 그것이 쓰건 달건. 진실은 상처를 줄 수가 없어. 끝까지 포기하지 않으면 이해하고 이해받을 수 있을 거라고 믿으니까. 너한테는 오로지 가감 없이 진실만을 이야기할

게. 너도 나한테 하고 싶은 말은 솔직하게 다 해주었으면
좋겠어.”

　　수진은 그의 진심을 받아들였다. 그러나 그의 바람과는
달리 ‘진실’은 종종 지금 이 순간처럼 부지불식간에 훅하고
가슴을 찔렀다. 수진의 진심은, 말하자면 이랬다. 그가 딸
을 데리고 어디로 여행을 가는지, 며칠간 여행을 가는지, 설
마 사무소가 업무를 시작하는 연초까지 같이 지낼 것인지,
가서 무엇을 하는지, 아이의 엄마도 같이 가는지, 알고 싶
었다. 잠은 어떤 형태로 잘 것인지, 구차하지만 여행 비용은
누가 대는지, 알고 싶었다.
　　하지만 그런 진심들은 오로지 수진의 입안에서만 맴돌
았다. 어린아이와 함께 있을 때 혁범은 어떤 표정을 지을
까, 일만 아는 사람도 자신의 딸아이에게는 그림책을 읽어
줄까. 레고 놀이를 하면서 건축 이야기를 덧대는 건 아닐까.
수진은 혁범의 이런 ‘아빠로서의’ 모습을 상상하면 마음이
쓰라리면서도 어쩐지 더 사랑하게 될 것만 같았다. 한편으
로는 그 모든 것을 떠나서, 혁범을 닮았을 그 작은 소녀가
행복하기를 바라게 되기도 했다. 적어도 그것만큼은 자신
의 ‘진심’이었다.

"괜찮아."

수진은 혁범의 얼굴에 가까이 다가가 콧등을 애틋하게 비볐다.

"잘 다녀와요. 나도 잘 있다 올 거니까."

수진은 숨을 죽이며 애써 밝게 말했다. 이 말을 하는 데 조금 용기가 필요했다. 사랑하는 사람에게 하는 거짓말이 때로는 내가 줄 수 있는 최고의 사랑일 수도 있었다. 혁범의 말은 이론적으로는 옳은 말일지도 몰랐지만 현실에 적용시키는 것은 또 다른 문제였다. 그러나 그가 그렇게 믿고 싶어 한다면 그 이상주의적인 관점을 고스란히 지켜주고 싶었다. 별일도 아니었다.

'그냥 천성인 거야.'

참고 티 내지 않는 것은 수진이 어렸을 때부터 늘 해오던, 익숙한 일이었으니까.

별말도 아닌데, 말하고 나서 긴장이 풀려버린 수진은 혁범의 품 안에 소리 없이 얼굴을 묻었다.

2

런던으로 향하는 영국항공 BA20편 안에서 수진은 문득 사라진 엄마를 떠올렸다.

어린시절 수진은 엄마가 집을 나가서 왜 돌아오지 않는지에 대해 아빠에게 묻고 싶은 것을 꾹 참았다. 그 일은 어린 수진에겐 잘 이해가 가지 않았다. 엄마 아빠는 적어도 겉으로는 다투지 않았고 집이 경제적으로 궁핍한 것도 아니었다. 가구 수입 일을 위해 아빠는 석 달에 한 달은 집을 비웠지만 엄마는 그에 대해서도 딱히 불만이 없어 보였다. 엄마가 사라지고 일주일이 지나서야 실종신고를 했고 아빠는 일을 멈추고 반년간 엄마를 찾아 나섰지만 끝내 찾지 못했다. 어느 날 수진은 엄마가 자신들을 떠난 이유를 납득하

고 싶어서 아빠에게 왜 그런 거냐고 물었지만 제대로 된 답
은 돌아오지 않았다.

"네가 이렇게 질문을 하니까 마치 내 잘못을 추궁하는
거 같구나."

마흔 초반의 남자는 쓸쓸한 눈빛으로 자신을 빼닮은 딸
아이의 두 눈을 덩그러니 바라보았다.

그에게 미안해진 소녀는 고개를 푹 숙이고 자기 방으로
들어가버렸다. 그러고선 질문하지 않는 어른으로 커갔다.

엄마는 이따금 혼자 멍하니 거실 창밖을 바라보곤 했
다.

"엄마……."

어딘가 너무나 먼 곳에 가 있는 듯한 그 뒷모습에 어린
수진은 본능적으로 엄마가 그곳에 실재하는지 불러서 확
인해야만 했다. 처음 몇 번은 엄마가 부르는 목소리를 듣지
못해서 더더욱 실존하지 않는 것처럼 느껴졌다. 이번이 마
지막이라는 심정으로 부르면 그제야 엄마는 이내 정신을
차리고 미소로 외동딸의 부름에 화답하곤 했다. 자신이 가
끔 혼자만의 사념에 깊게 빠지는 것도 엄마와 닮아서라고
수진은 넘겨짚었다.

엄마는 아빠가 자신을 끝끝내 찾아주기를 기다렸던 것은 아닐까. 어쩌면 우리가 찾다가 포기해서, 너무 깊은 슬픔에 빠진 나머지 영영 사라진 것은 아닐까. 그 후로 수진은 사회에서 소리소문없이 '증발'해버리는 사람들에 대한 이야기를 여러 번 찾아보았다. 하루아침에 사라지는 사람들은 셀 수 없이 많았다. 대개는 무언가로부터 도망을 치기 위해서였지만 아무 이유도 남기지 않고 사라지는 사람들도 있었다.

　'안정 기류에 들어섰다'는 기장의 안내 멘트에 엄마에 대한 생각은 이내 흩어졌다. 수진은 몸을 옥죄고 있던 시트벨트부터 풀었다. 알 수 없는 답답함이 조금 가시는 기분이었다. 자리에서 일어나 화장실에 들어가 오래 손을 씻고는 캔틴에 가서 사과 주스 한 잔을 부탁해 마신 후, 다시 자리로 돌아와 앉았다. 그때 말끔한 재킷을 걸치고 지난 일요일 자 〈선데이 텔레그래프〉를 읽던 창가 쪽 자리의 인도계 남자가 고개를 들어 안부를 물어왔다. 그의 영어에는 건장한 체격만큼이나 영국식 영어의 억양이 강하게 스며 있었다.
　"괜찮으세요? 아까 비행기가 이륙할 때 많이 힘들어 보였거든요. 아, 오해를 피하자면, 저는 의사입니다. 피부과지만요."

그의 마지막 말에 덧대어진 익살에 수진이 피식 웃었다.

"조금 답답했나 봐요. 지금은 괜찮아요. 물어봐주셔서 고마워요."

수진이 가볍게 웃으면서 다시 자리에 몸을 파묻고 혼자 하던 생각으로 되돌아갔다.

어린 자신에게 친절함을 베풀어준 무수히 많은 어른들이 떠올랐다. 옆좌석의 남자는 방금, 그들이 지었던 표정—따뜻하고 슬픈—을 고스란히 재현하고 있었다. 연민이 아닌 마음에서 우러난, 성숙한 어른으로서 몸에 밴 친절함 같은 것.

중학교 입학식에는 아빠만 참석했다. 50대의 먼 친척 아주머니가 입주를 해서 수진을 돌봐주셨지만 아주머니의 도움 없이도 대부분의 것들은 혼자 알아서 챙기고 처리할 수 있게 되었다. 몸도 마음도 대부분의 또래들보다 일찍 독립했다. 다행히 부모나 친인척이 아니더라도 주변에 좋은 여자 어른들을 만나는 행운을 가졌다. 담임선생님과 학원 선생님들, 단골 분식집 주인아주머니, 약국의 약사님, 친구들의 집에 놀러 가도 친구 어머니들은 이상한 연민을 가지거나 선입견을 가지고 대하지 않았다. 그분들은 그 나이대의 여자애가 필요로 할 만한 물건들을 슬며시 챙겨 주기도 하며 "편하게 엄마처럼 생각해. 우리 딸 친구가 뭐 내 딸이나 다름없지"라고 말씀해주셨다. 그래서 수진은 정말 편하게 여쭤어보기도 했다.

"아줌마, 저희 엄마는 왜 사라진 걸까요?"

수진은 아무리 고민해봐도 엄마들의 마음을 상상하기 힘들었다. 하지만 평소에는 수진의 모든 질문에 대답을 해주던 그분들도 그 질문만큼은 대개 곤란한 표정을 지어 보였다. 대부분은 아무 말 없이 수진의 손을 잡아주거나 포근히 안아주었고 이내 화제를 돌리려고 애썼다. 이런 질문을 하는 것이 잘해주는 그분들에게 부담을 드리는 거란 걸 알아버린 뒤로 수진은 더 이상 그 질문을 하지 않았다. 수진에게 선량한 어른들의 호의는 결코 의심받아서도, 질문받아서도 안 되는, 옳고 선한 것들이었다.

하지만 이제 와서 돌이켜보면 정말 그런가? 어쩌면 그 호의들조차도 참고 견뎌내야만 했던 것들에 불과하지 않았나, 하는 생각에 이르자 수진은 불현듯 눈물이 터져 나올 것만 같았다. 좋은 사람이 되는 것, 그게 무슨 가치가 있었을까. 결국 좋은 사람이고자 하는 자신이 스스로를 몰아세워 본래의 나를 다른 모습으로 바꿔놓은 것이 아닌가. 타인에게나 '좋은' 사람이었지, 스스로에겐 조금도 '좋은' 사람이 아니었다.

'나에게 잘해주는 어른들을 위해서 그랬다'는 것도 평계에 불과했다. 알고 보면 그건 전부 '나를 위해서' 그런 것이었다. 그들이 나에게 상냥하게 대해주기를 바라니까 내가 공손하게 굴었다. 내가 칭찬받고 싶으니까 애써 씩씩하고 의젓한 모습을 보이려고 애썼다. 그 어떤 모난 모습도 보이지 않고, 반론을 제기하지 않고 참은 것도, 실은 모두 무언가를 대가로 스스로가 자발적으로 했을 뿐이다.

*

난기류를 만났는지 비행기가 살짝 아래위로 흔들렸다. 수진은 좌석의 팔걸이를 단단히 붙잡았다. 다행히 언제 그랬냐는 듯 곧 잠잠해졌다. 생수병을 열어 물을 한 모금 마셨다.

"런던에는 자주 가시나요?"

소설책을 꺼내 읽으려고 수납함을 뒤적이는 수진에게 옆자리의 피부과 전문의가 신문을 반으로 접으며 물었다.

그의 눈에는 여전히 자신이 컨디션이 나빠 보이는구나 싶었다. 물론 그 염려 안에 미량의 사적인 호감이 보태진 것도 감지했다.

"글쎄요. 그렇다고도 볼 수 있고 아니라고도 할 수 있겠네요."

"그렇다면 이번에는 비즈니스 트립인가요?"

"그건 아니고요……."

수진은 조금 생각하고 나서 말을 더했다.

"남자친구가 런던에 있어요."

수진은 이 이상 대화를 이어가기엔 조금 지쳐 있었다. 그리고 그가 영국 신사라면, 숙녀의 프라이버시에 대해 더 이상 깊숙이 파고들진 않을 것이다.

"아하."

그의 체념은 신속하고 실용적이었다.

"그는 운이 아주 좋은 남자분이군요."

세심한 말투는 그대로였고 대화는 다정하게 마무리 지어졌다.

런던에 사는 남자친구라.

백색 거짓말. White Lie. 그 누구도 상처 줄 일이 없는.

그 거짓말이 1초도 안 돼서 생각난 것은, 이틀 전에 런던에서 날아온 한 통의 편지 때문이었다. 어제와 오늘 자꾸 눈물이 났던 것은 어쩌면 이 편지 때문인지도 모르겠다는 생각이 들었다. 수진이 단단하게 붙들어매둔 것들을 어째서인지 이 아이는 자꾸 무의식중에 풀어헤치고 있었다. 되짚어보면 그사이 한참 시간이 흐른 것 같은데 그는 마치 지난주에 만난 사람처럼 써서 보냈다.

수진 님께,

저는 지금 런던에 와 있어요.

크리스마스 시즌이던 지난 한 달은 참 많이 바빴어요. 다행히 일들은 모두 무사히 마쳤어요. 바빴다는 말을 수진 님께 하는 게 무척 바보 같은 짓이라는 건 잘 알아요. 그래도 바쁜 덕분에 조금 마음을 비울 수가 있어서 수진 님이 덜 생각났어요.

사실 거짓말이에요.

그리고 저는 거짓말에 정말 소질이 없는 것 같아요.

바쁘게 지내면 지낼수록, 물리적으로 멀리 떨어져 있을수록 생각이 났어요.

편지를 보내는 게 상대를 불편하게 할 걸 알면서도, 또 이렇게 제 마음 가는 대로 글을 쓰고 있어요.

2년째, 크리스마스를 런던에서 보내고 있어요. 저희 회사 팀장님이 이 시기면 식물애호가분들을 인솔해서 런던의 겨울정원 투어를 진행하시거든요. 이맘때면 딱히 갈 곳도 없고 배우는 것도 많아 팀장님을 도와 일을 하고 있어요. 수진 님은 '겨울정원'에 대해 들어보셨어요? 언젠가 수진 님께도 이곳 겨울정원의 풍경을 꼭 보여드리고 싶어요. 얼마나 아름다운지 몰라요. 예전에는 아름다운 것들을 보면 아름답다고만 생각했는데 지금은 아름다운 것들을 보면 마음이 자꾸 슬퍼져요.

구구절절 그때그때 하고 싶었지만 못했던 말들. 늘 가슴속에 채무자처럼 안고 있던 말들이 얼마나 많은지 몰라요. 보고 싶다는 말은 언제 해야 하는지, 계속 참아야 하는지 여전히 모르겠어요. 이렇게 편지를 쓰는 게 잘하는 일인지 망치는 일인지도요. 지금은 그저 이 편지가 너무 쓰고 싶었고, 부디 이 편지가 수진 님에게 무사히 가닿기를 바라는 마음뿐이에요.

　　한솔 드림

　　추신) 크리스마스이브에 런던으로 떠난다고 하면 사람들이
낭만적이라고들 부러워하던데요, 실은 그날 항공 요금이 전후 날
짜 중에 가장 저렴해서 그렇다는 거, 수진 님은 알고 계셨어요?

　　크리스마스 당일 아침에 이 편지를 받았다는 의미를 수
진은 또렷이 파악했다. 런던이 서울보다 아홉 시간이 늦으
니, 성탄전야의 가장 늦은 시각, 아마도 한솔은 런던 숙소에
도착해서 짐을 풀자마자 이 편지를 썼을 것이다. 그토록 오
래 보지 못했으면서도 최대한 담담하게, 수진에게 가능한
한 부담을 주지 않으려고 몇 번이고 고쳐 썼을 그의 모습이
상상되었다. 그러면서도 끝내 어떤 형식으로든 보고 싶다
는 진심을 전하고야 마는 한솔의 한결같음에 수진은 몸을
뒤척였다.

3

런던에 올 때면 늘 그래 왔듯이 이번에도 수진은 메릴본(Marleybone) 구역에 있는 아담한 호텔을 숙소로 잡았다.

적갈색의 낮은 벽돌 건물로 이루어진 숙소 주변의 아기자기한 골목들을 산책하는 것이 좋았다. 늦은 오후가 되면 이 동네 주민들은 하나둘 집에서 반려견을 데리고 나왔다. 저녁 식사 전에 수진은 녹색 간판을 단 오래된 동네서점 '돈트 북스(Daunt Books)'에 들르곤 했다. 작은 대학도서관을 연상시키는 이곳의 윤이 나는 오크나무 바닥은 걸을 때마다 끼익끼익 소리가 났다. 수진은 저녁에 방에서 읽을 책을 한 권 고르고서 라틴어 교수처럼 생긴 헝클어진 연

갈색 머리의 서점 주인과 '왜 요즘 사람들은 신용카드 따위를 쓰는지 모르겠다' 같은 짧은 대화를 나누었다.

주로 낮에는 숙소에서 도보 거리에 있는 영국 왕립건축가협회(RIBA, Royal Institute of British Architects) 3층에 있는 도서관에서 건축과 디자인, 도시계획에 관한 책들을 살펴며 시간을 보냈다. 아르데코 양식 건물 안의 작은 도서관 열람실에는 창백한 낯빛을 가진 키 작은 여자 사서가 도서관 이용자들을 예의주시하며 챙겼다. 서가를 둘러보는 일이 지치면 로비 층의 건축 전시를 관람하거나 날씨가 허락하면 4층 야외테라스로 올라가 햇살 아래 포장해 온 샌드위치를 꺼내 먹었다.

수진이 매번 런던에 올 때마다 빠짐없이 들르는 곳 중 또 하나는 '내셔널 포트레이트 갤러리(National Portrait Gallery)'였다. 바로 옆의 '내셔널 갤러리'나 템스강 변에 위치한 '테이트 모던'에 비해 규모나 소장 작품 수는 소박했지만 수진은 그곳이 왠지 모르게 좋았다. 1층에는 빅토리아왕조 시대와 20세기에 그려진 그림과 사진들이, 2층에는 튜더왕조 시대와 스튜어트왕조 시대, 18세기와 19세기 초의 그림들이 전시되어 있었다.

박물관 이름처럼 작품의 주인공은 모두 '사람'이었다. 사람의 얼굴은 봐도 봐도 질리지가 않았다. 작품 속 사람들의 얼굴을 하나하나 바라보면서 수진은 사람들 안에 이토록 다양하게 표현하고 싶은 감정들이 있다는 걸 확인하곤 매번 놀랐다. 대체 저 사람에게 무슨 일이 있었던 걸까 싶을 때도 많았다. 화난 사람, 슬픈 사람, 사랑에 빠진 사람, 군림하려는 사람, 실망한 사람, 인간의 대단함과 취약함, 그들이 놓여 있을 어떤 상황.

달고 쓴 인생사의 한 순간을 포착하고 기록한 그 작품들은 수진의 마음을 강하게 뒤흔들었다. 구체적인 포즈를 취하지 않아도 표정과 시선만으로도 인물들의 속마음이 느껴졌다. 사람의 마음이란 얼마나 복잡하고도 단순한지.

오랜만에 방문해서일까. 수진은 초상화들을 보면서 한 가지 공통점을 발견했다. 그것은 그들 한 사람 한 사람이 자신의 감정이 누군가에게 이해받기를 간절히 바라는 것 같아 보인다는 점이었다. 어쩌면 그 역시도 수진이 작품들에게 자신의 마음을 투영시켜 그렇게 느낀 걸 수도 있었다.

사람과 사람 간에 완전한 이해는 애초에 불가능한 것이

라고 체념하는 자신의 마음을 수진은 마주했다. 종종 사사로운 것들로부터 생긴 감정의 오해가 계속 발전해나갈 때가 있다. 사사로운 엇갈림과 불안, 아무것도 아닌 것에 대한 고집이 관계에 미묘한 영향을 주어, 치명적인 파국의 가능성을 가져오기도 한다. 그렇게 두 사람이 쌓아온 위화감이 선명해진다. 단순히 한 건만을 보면 갈등의 원인이 되지 않지만 그것은 하나의 계기가 되어 예전부터 납득하지 못했던 무언가가 서로의 가슴속에 있었음을 상징적으로 드러내준다. 사소해서 서로 참고 마음속으로 억눌러오다가 어느 날 마침내 폭발하게 되는 것이다.

남들에게 갈등의 이유를 설명하기 쉬운 것은 차라리 편하다. 누가 바람을 피웠다거나 폭력을 휘둘렀다거나. 하지만 사사로운 위화감을 남들은 이해해주지 못한다. 그만큼 혼자 더 괴롭고 외롭다. 그렇게 계속 안쪽 서랍에 깊숙이 밀어 넣어두게 된다. 더 이상 자리가 남아 있지 않아 결국 터져 나올 때까지.

한편으로는 행복을 느낄 줄 아는 것도 습관이고, 불행을 느끼는 것도 습관이겠지만.

적당한 피로가 쌓이면 수진은 복도 끝 엘리베이터를 타

고 3층의 '포트레이트 식당(Portrait Restaurant)'으로 올라가 늦은 점심으로 수프와 샐러드를 먹었다. 그 무렵이면 점심 손님들이 빠져서 창가 자리로 안내받을 수 있었다. 자리에 앉아 고개를 들면 맞은편의 하얀 벽 높이 버지니아 울프의 초상화가 걸려 있었고, 창밖 가까이로 트래펄가 광장의 탑과 세인트 폴 대성당의 돔 지붕이 보였다. 더 멀리 템스강 너머로는 런던 아이와 빅벤 시계탑이 장난감 모형처럼 존재했다. 언젠가는 건물 지붕과 외벽 청소를 하던 인부들이 수진을 보며 장난스럽게 손을 흔들기도 했다. 수진은 이곳에서 바라보는 런던을 가장 사랑했다.

더 이상 혁범을 마주칠 일이 아득해져서 홀연히 퇴사하고 날아간 런던에서의 포트레이트 식당은 지금 떠올려봐도 조금 특별했다. 수진은 그날도 평소 동선대로 갤러리를 관람한 후 식당으로 향했다. 예닐곱 명이 왁자지껄 둘러앉은 구석의 기다란 테이블을 제외하곤 모두 비어 있었다. 그날은 수진의 서른 번째 생일이었다. 특별한 날을 기념하는 것은 평소 그녀의 방식이 아니었지만 이번 생일만큼은 스스로를 조금 챙길 필요를 느꼈다. 수진은 메뉴판에서 가장 가격이 높은, 양갈비 구이와 버터로 데친 시금치를 주문했다.

식전빵을 몇 조각 우물거리는 중에 메인 디시가 나왔고 창가 너머로 보이는 런던 아이 대관람차가 아주 느리게 원을 그리며 회전하는 모습을 지켜보았다. 때때로 마음이 가라앉아 목이 메고 식욕도 별로 없었지만 그럴수록 남김없이 꼭꼭 씹어 먹었다. 식사를 다 마치고 커피를 시키려는데, 빨간 머리의 웨이트리스가 다가와 말을 건넸다.

"식사는 괜찮으셨나요?"

수진이 미소를 지으며 고개를 끄덕였다.

"다름이 아니고, 저 안쪽 테이블의 손님들이 메시지를 전해달라고 하셔서요. 저기 벽을 등지고 맨 중간에 앉은 숙녀분이 오늘 생일인데요, 괜찮으시면 오셔서 함께 케이크를 먹자고 초대하셨어요. 스물두 번째 생일이래요."

수진은 구석 테이블 쪽을 내다보았다. 꽃다발에서 꺼낸 듯한 붉은 장미 한 송이를 귀에 꽂은 얼굴에 주근깨가 가득한 버스데이 걸이 함박웃음을 지으며 어서 이리로 오라고 친근하게 손인사를 해왔다. 곧이어 테이블에 둘러앉은 모든 사람들이 몸을 돌려 일제히 같은 몸짓을 했고, 급기야는 모서리에 앉아 있던 한 청년이 벌떡 일어나 수진을 에스코트해 갔다. 수진은 못 이기는 척 생일파티에 합석했다. 모두가 돌아가면서 자기소개를 하고 수진이 마지막 차례였다.

"······실은 놀라운 우연의 일치지만, 오늘은 저의 생일이기도 하답니다."

말할까 말까 잠시 고민했지만 굳이 숨길 것도 없었다.

"정말요?"

다들 깜짝 놀라며 환호했다. 그 말을 들은 버스데이 걸이 꽃다발에서 재빨리 진분홍색 장미를 하나 꺾어 수진의 오른쪽 귀에 꽂아주었다. 그와 동시에 웨이트리스가 22개의 양초가 꽂힌 대형 생일케이크를 테이블 위에 내려놓았다.

"Happy Birthday to us."

수진은 처음 보는 이들의 축하 속에서 오늘의 주인공과 함께 초를 불었다.

"그래, 우리 두 버스데이 걸들은 소원은 잘 빌었니?"

주인공의 엄마로 보이는 중년의 여자가 찡긋 윙크하며 물었다.

"뭐 나야 뻔히 엄마도 잘 알 테고."

딸은 엄마에게 얼굴을 잔뜩 찌푸리며 질색하는 표정을 어리광부리듯 지어 보였다.

"애가 얼마 전에 오래 사귄 남자친구와 헤어졌거든요."

옆에 앉은 여자친구가 수진에게 괜한 정보를 흘렸다.

"야, 너 정말 그럴래? 그게 무슨 자랑이라고…….."

버스데이 걸이 여자친구의 목을 조르는 시늉을 하며 까불었지만 수진은 그녀의 눈동자가 촉촉해지는 것을 놓치지 않았다. 같은 것을 본 사람이 또 있었다.

"내 사랑, 괜찮아. 이제 다 지난 일이잖니."

엄마는 사랑이 넘치는 눈빛으로 딸을 바라보며 말을 이어갔다.

"엄마도 한때는 이별이 구원할 길 없는 결말이라고만 생각했어. 하지만 지금은 그렇게 생각하지 않아. 내가 알게 된 많은 것들은 항상 '이별'이 알려주었다고 생각해. 자신의 의지로 버릴 때도 있지만 어쩔 수 없이 버리고 가야 할 때도 있고, 버릴 생각이 전혀 없었는데 정신을 차려보니 잃어버린 것들도 있지. 어쨌든 이제 그것들이 내 곁에 남아 있지 않기 때문에 비로소 그 무게나 선명함, 그리고 소중함을 보다 강렬하게 느낄 수 있게 되었어. 살다 보면 알게 돼. 지금 내가 가진 모든 것은 바로 그 잃어버린 것들 덕분에 얻은 것이란 걸."

무심코 '엄마의 마음'에 귀 기울이고 있던 수진은 속으로 울컥했다. 살아 있는 사람들의 초상화를 볼 수 있었던 서른 살의 첫 오후였다.

4

겨울의 런던은 스산하다고 들었는데 과연 와보니 사람들이 왜 굳이 겨울에 가냐고 의아해할 만도 했다. 하루 종일 먹구름이 끼어 있고 소낙비도 자주 내렸다. 어쩌다 운이 좋으면 낮에 반짝하고 햇살이 비추기도 했지만 잠시 몇십 분간 비추고는 이내 사라졌다.

크리스마스가 지나고 새해를 불과 며칠 앞두고도 거리의 분위기는 차분했다. 런던 사람들에게 크리스마스는 번화한 거리로 나가 인파에 섞여 소란스럽게 즐기는 것이 아닌, 고향에 가거나 가족들과 보내는 고요한 시간이었다. 크리스마스에는 주요 교통수단이 운행하지 않았으며, 대부분의 관광지는 빠르면 12월 23일부터 사나흘간 문을 닫았고, 개인이 운영하는 가게들은 1월 초까지도 문을 닫곤 했다. 공항에 도착해 히드로 익스프레스를 타고 런던 시내로 진입하면서 수진은 시간이 멈춘 듯한 그 느낌을 더욱 여실히 느꼈다. 옆자리의 그 의사가 '설마 일부러 이때 맞춰 여행 온 건 아니겠지'라는 뉘앙스를 풍길 만도 했다. 모든 게 멈춰버린 소리 없는 고요함은 수진의 내면 풍경과 조금 닮아 있었다.

아침에 일어나 비가 많이 내리지만 않으면 수진은 맨먼저 숙소 주변으로 달리러 나갔다. 호텔의 흰색 대문을 열고 나가 겨울 아침의 차갑고 투명한 공기를 폐 속 깊숙이 들이마시면 정신이 한결 맑아졌다. 겨울이라고 해도 서울보다 훨씬 덜 추워서 달릴 만했다. 숙소에 돌아와서 샤워를 마치면 로비층 공용 거실에서 간단히 아침을 먹었다. 오전 10시가 마감이었지만 식사 시중을 들어주는 젊은 갈색 머리 직원은 '천천히 치울 거니까 시간은 신경 쓰지 말고 먹으라'고 윙크를 해주었다.

영국왕립건축가협회(RIBA) 도서관도 내셔널 포트레이트 갤러리도 며칠간 문을 닫았지만 시간은 수월히 흘러갔다. 수진은 하루 세끼를 가급적 건강한 음식으로 잘 챙겨 먹고, 밀린 책들을 손에 잡히는 대로 읽었으며, 오후에는 하이드 공원을 비롯한 인근의 크고 작은 공원들을 산책했다. 어쩌다 연 상점이 보이면 들어가서 찬찬히 구경하고 주인과 담소를 나누었고, 카페가 보이면 들어가 에스프레소를 마셨다.

런던에 온 지 나흘째 되던 날, 점심 식사를 마치고 나서 수진은 기차를 타기 위해 역으로 갔다. 햄스테드 히스(Hampstead Heath)는 숲과 풀밭으로 이루어진 구릉 지대였다. 런던에서 북서 방향으로 6.4킬로미터 거리에 불과하지만 심리적으로는 수만 킬로미터나 떨어진 감각이라 예전부터 가보고 싶었지만 유일하게 못 가보고 있었다. 교외 시골 마을에 온 듯한 착각이 들게 하는 곳이었다. 광활한 초원의 언덕과 연못과 숲. 그를 에워싼 빅토리아 양식의 고즈넉한 주택가와 구불구불한 골목길. 조지 오웰과 지그문트 프로이트가 살던 동네. 오늘 수진의 목적지는 햄스테드 히스의 가장 중심에 있는 언덕, 팔러먼트 힐(Parliament Hill)이었다.

아침부터 잿빛 구름이 묵직하게 드리웠지만 개의치 않았다. 애초에 '히스(Heath)'는 '황무지'라는 뜻. 먹구름 아래 한 사람이 걸어가는 모습이 담긴 영국인 화가 존 컨스터블의 그림 〈햄스테드 히스의 폭풍이 몰아친 하늘〉이 떠오르는 날씨였다. 햄스테드 언더그라운드역에 내려 빨간 벽돌 주택가를 지났다. 런던 시내와 마찬가지로 이곳도 먹구름이 많이 끼어 있었지만 혼자 생각하는데 구름들이 벗 노릇을 해줄 것이었다.

지도를 따라 평야가 팝업북처럼 펼쳐진 녹지 안으로 들어갔다. 비스듬히 경사가 진 언덕이지만 면적이 넓어서인지 어느 지점에서는 평지를 걷는 기분이었다. 수진은 중간중간 멈춰서서 심호흡을 했다. 바람에 흔들리며 바스락거리는 나뭇잎들 사이로 까마귀 울음소리가 들렸다.

언덕 정상인 팔러먼트 힐에 다다르자 눈앞에 희뿌옇게 런던 시내가 펼쳐졌다. 구름이 낮게 깔려서인지 팔을 높게 뻗으면 구름에 닿을 것만 같았다. 날씨가 춥고 궂어서 드문드문 배치된 나무 벤치들도 거의가 텅텅 비어 있었다. 안개가 짙었지만 그나마 런던의 도심 풍경이 잘 보이는 나무 벤치에 자리 잡아 앉았다. 완전한 자연 한가운데서 런던 전체를 조망하니 가슴이 탁 트이는 기분이 들었다. 하지만 점차 호젓함을 넘어 세상의 벼랑 끝에 덩그러니 혼자 몰아세워진 막막함이 밀려왔다. 그것은 깊은 외로움의 냄새를 동반했는데 어쩌면 바람의 결이 너무 거세고 차가워서 그렇게 감각했을 수도 있었다.

안개보다 짙은 어두움이 사방에 깔리기 시작하자 수진은 자신이 지금 어디에 있는지조차 혼란스러워졌다. 런던의 겨울은 오후 3시만 되면 해가 진다는 걸 알고 있었지만 이렇게 불시에 어두움이 찾아오리라는 것을 왜 잊고 있었을까. 아까 전 드문드문 걸어 다니던 사람들조차 보이질 않았다. 큰 개들이 컹컹 짖는 소리가 이제는 저 멀리서 환청처럼 들릴 뿐이었다. 이만 벤치에서 일어나 완전한 어둠이 깔리기 전에 언덕을 내려가야 했지만 몸이 굳어버려 움직일 수가 없었다.

그가 너무 보고 싶었다. 매달리지 말아야지, 센 척을 했지만 더 이상은 견딜 수가 없었다. 지금 당장 무심한 그 목소리가 듣고 싶었다. 그 담담한 말투를 들으면 안도할 수 있을 것 같았다. 그리고 지금 당장 내 곁에 와달라고 외치고 싶었다. 지금 이곳은 어둡고, 춥고, 나는 너무도 혼자니까. 그가 지금 어디에 있든, 그곳이 지금 몇 시든, 누구와 함께 있든, 행복한 상태이든 아니든, 그런 건 다 상관없었다. 분명 약속하지 않았던가. 언제라도 서로에게 진실되자고.

말하고 싶은 거 상대에게 다 말할 수 있어야 한다고. 처음 그 약속을 할 때와 지금, 그사이 뭐가 달라진 것일까, 아니면 애초부터 그 진실은 한 사람만의 것이었을까. 나는 대체 무엇을 그토록 두려워하고 있는 것일까. 여자라고 하는 것은 적든 많든 남자에게 어딘가 늘 실망하기 마련이라고 다들 말하지만, 실망하지 않기 위해 기대를 최소화하는 일, 인내하는 일에 익숙해지는 것이 지긋지긋해서 견딜 수가 없었다.

외로울 때는 외롭다고, 서러울 때는 서럽다고, 괴로울 때는 괴롭다고 왜 매번 진실을 말하지 못했을까. 그러나 또 어떻게 상대만을 탓할 수 있을까. 속으로 그 말들을 삼켜버린 것은 그 누구도 아닌 자기 자신이었다. 그 자각에 수진은 가벼운 메스꺼움을 느꼈다.

한겨울 밤의 적막 속에서 찬 공기에 닿은 눈물이 양쪽 뺨을 타고 흘러내렸지만 이미 추위에 얼어버린 두 뺨엔 아무 감각이 없었다. 수진은 언 손으로 코트 호주머니에서 전화기를 꺼내 버튼을 누르고 가만히 귀에 댔다. 심호흡하는 소리와 심장 뛰는 소리가 교차했다. 통화음이 들렸다. 한 번…… 두 번…… 통화음이 이어질수록 수진의 머릿속은 공황 상태로 새하얘졌다. 불안과 기대, 그리고 비루함. 전화를 받으면 무슨 말을 건네야 할까. 이 전화를 상대가 반가워할까. 여행 가서 연락 같은 거 절대 안 할 거라고 장담하고 왔는데…… 행여 다른 사람이 받는다면…… 기껏 전화 한 통 하는데 이런 우려를 하는 스스로가 수진은 너무 싫었다.

그리고 여섯 번째, 일곱 번째 통화음이 뚜루루루…… 귓가에 퍼질 무렵 수진은 전화 연결을 그만 끊어버리고 말았다. 그와 동시에 햄스테드 히스 일대가 완전한 어둠과 적요 속에 휩싸였다. 수진은 웅크리고 있던 등을 펴고 벤치에 기댄 채 그대로 잠시 가만히 있었다. 잠시 후 저 아래 런던 도심의 거리와 건축물들이 하나둘 빛을 밝히기 시작했다. 정말 이대로 갈 수 있을 거라고 생각했어? 더 이상 이렇게 계속해나갈 수는 없다는 냉혹한 현실감이 수진을 맴돌았다. 그냥 그가 싫어지면 될 텐데 오히려 속상함과 슬픔이 더해지며 감정이 더 진해졌다. 내 마음대로 안 되지만 좋았다. 그 남자를 생각할 때 느끼는 고통에는 어딘가 감미로움이 포함되어 있었다. 이러한 체념에 아득해지려는 순간 침묵을 뚫고 예리한 전화벨 소리가 울렸다. 수진의 심장이 그대로 쿵 내려앉았다.

5

"너무나 놀랐어요. 런던에 계시다니요."

두 사람은 말리본 거리 모퉁이에 자리한 작은 이탈리안 식당에 마주 앉아 있었다. 금요일 밤이었고 가게 안은 평소보다 많은 사람들로 북적였다. 디아블로 피자와 포모도로 파스타가 두 사람 사이에 놓여 있었지만 둘 다 손을 거의 대지 않은 상태였다. 한솔은 몸을 앞으로 내밀고 두 손으로 턱을 괴고 앉아 수진에게서 눈을 떼지 못하고 있었다. 수진은 눈물 자국으로 거뭇거뭇해진 눈 밑이 신경 쓰여 자꾸 손을 얼굴에 갖다 대고 있었다. 옆 테이블에서는 10대 초반의 형제가 누가 더 길게 피자 치즈를 늘어뜨리는지 대결하고 있었다.

"저도요. 어떻게 나한테 전화할 생각을 했어요?"

그렇게 말하면서 수진은 나무라는 톤으로 들리지 않기를 바랐다.

"런던을 떠나기 전날이라 감상적이 되었나 봐요. 전화만은 하지 말자고 다짐했었는데……."

전화를 받고 수화기 건너의 상대가 누구인지 알았을 때 느꼈던 실망과 안도, 그리고 죄책감이 수진 안에서 차례차례 되살아났다. 이 아이는 아무것도 모르겠지. 어쩌면 모르는 게 당연했다.

한솔은 되레 수진을 안쓰럽게 살폈다.

"그 어두운 데서 혼자 많이 무서우셨죠?"

한솔의 양쪽 눈꼬리는 한껏 내려가 있었다.

"무섭다기보다는…… 부끄러웠어요. 사람 데리러 오게나 만들고."

"뭐가요. 무섭고 두려운 게 당연한 거라구요."

수진의 부끄러움에 그가 분명한 이유를 들어주었다. 수진은 고마우면서도 자신보다 한참 어린 이 남자의 호의에 기댄 것이 여전히 부끄러웠다.

"전화를 끊고 다행히 맨 먼저 보이는 블랙 캡을 바로

잡아탈 수 있었어요. 이렇게 길게 느껴진 택시 승차 경험은 처음이었지만요."

"저도 운이 좋았어요. 내일 귀국할 때 전화 주셨으면 엇갈렸을 텐데."

차디차게 몸과 마음이 얼어버린 자신을 그곳까지 데리러 와준 것이 수진은 진심으로 고마웠다.

"아니에요."

한솔은 수진의 말에 주저없이 반대했다.

"내일 공항에서 연락이 닿았어도, 저는 비행기를 타지 않고 바로 데리러 갔을 거예요."

수진은 말없이 웃으며 고개를 갸웃했다.

"저야말로 가진 건 없지만 행운아죠. 이렇게 항상, 분에 넘치게 운이 좋았어요."

한솔은 생글생글 웃으며 피자를 한 입 베어 물었다. 그 천진한 식욕에 수진은 굳어 있던 심장이 조금씩 누그러져 갔다.

"런던에서의 일은 잘 끝난 거죠?"

수진도 포크를 들어 파스타 면을 돌돌 말면서 물었다.

"네. 이 시기에도 다행히 공원과 정원들은 열려 있으니까요. 오히려 저희 같은 사람들은 식물한테만 집중할 수 있어서 좋아요. 런던 근교 겨울정원으론 세빌, 힐리어, 웨슬리를 둘러보고요, 시내에선 큐 가든에 갔어요. 첼시 피직 가든은 1월 말까지 닫으니까 못 갔지만요……. 대신 런던 주민들의 개인 정원 몇 곳도 방문했어요. 영국 사람들은 절반 가까이가 정원 딸린 집에 거주하는데요, 국립오픈정원제도협회를 통해 개인 정원을 방문 예약하면 입장료를 내고 둘러볼 수 있어요. 입장료는 사회적 약자를 돕는 기부금으로 사용된다고 해요."

뜻밖의 재회에 흥분한 마음을 숨기려는 듯 한솔은 상사한테 업무 보고 하듯 세심하게 설명했다. 그 모습을 바라보며 수진은 마음이 시큰해졌다. 가만히 성의를 다해 귀 기울일 수밖에.

"그거 꽤 흥미로운데요."

집 이야기가 나오자 수진은 부드러운 표정이 되었다.

"정말요. 물론 정원 규모로는 많이 소박하지만 집 구조나 거주자의 생활상을 엿보는 셈이니까요. 프로그램 마지막엔 호스트가 차와 스콘을 응접실에서 대접해주세요."

한솔은 테이블 너머로 팔을 뻗어 수진에게 지난 며칠간 찍은 사진들을 자랑스레 보여주었다. 선한 인상의 사람들과 그보다 더 선한 인상의 겨울 식물들.

"수진 님, 저 잠깐 자리 좀 비울게요."

사진을 보여주며 흐뭇해하던 한솔이 갑자기 뭔가가 생각난 듯 자리에서 일어났다. 갈색 울스웨터 차림 그대로 식당 밖으로 나간 한솔은 추위에 몸을 웅크리며 어디론가 바삐 전화를 걸었고 이내 설레어하는 미소로 돌아왔다.

"저, 귀국하는 거 이틀 뒤로 옮겼어요."

홍조를 띤 한솔이 말했다.

"네?"

눈을 깜빡거리며 수진이 되물었다.

"지난번 편지에서 말씀드렸잖아요. 언젠가 꼭 수진 님께 겨울정원을 보여드리고 싶다고."

두 눈을 반짝거리며 어느새 한솔의 오른손이 수진의 왼손을 단단히 붙잡고 있었다.

6

"케임브리지(Cambridge)까지 가야 하니 잠시 동안 눈 좀 붙여요. 천천히 운전할게요."

한솔이 렌터카 조수석 자리를 뒤로 충분히 밀어젖히며 말했다. 수진이 앉자 시트벨트를 매주고 아마도 따로 챙겨 왔을 담요를 수진의 검정색 롱코트 위로 덮어주었다.

"한숨 자고 일어나 여기 있는 우유와 쿠키를 드세요. 숙소 옆 카페에서 사 왔어요."

잠을 푹 못 잔 것도 아침을 거른 것도 모두 어떻게 알았을까. 살아 있는 생명을 돌보는 것이 직업인 사람은 이런 직감이 자연스레 몸에 배는 것일까.

"도착했어요."

얼떨결에 내내 자버렸다. 정신을 차려보니 입가에 살며시 침이 고여 있었다. 잠결이지만 수진은 어쩐지 한솔이 운전하는 중간중간 계속 고개를 돌려 자신의 존재를 확인한 것 같다고 느꼈다. 그렇게 확인하지 않으면 마치 자신이 어디론가 사라지기라도 할 것처럼. 주차장으로 들어가는 길, 수진은 눈을 비비며 차창 밖의 팻말을 확인했다.

Anglesey Abbey Garden
앵글시 수도원 정원

"이곳은 위즐리 정원의 조경사가 처음 알려준 곳이에요. 겨울정원의 진수를 보려면 꼭 앵글시 애비(Anglesey Abbey)에 가보라고요. 다른 정원들과 달리 앵글시 수도원 정원은 1년 중 겨울이 가장 아름답다고 해요."
한솔이 네이비색 더플코트의 토글 단추를 잠그면서 말했다.

두 사람은 차에서 내려 겨울의 자연 속으로 한걸음 내디뎠다. 영국에서 시작한 시민 환경운동 단체, 내셔널 트러스트(National Trust)에서 파견 나온 자원봉사자들이 입구에서 여유로운 미소로 맞아주었다. 그들 대부분이 순한 미소를 가진 은발의 할머니와 할아버지들이었다. 가드닝을 사랑하는 현지 영국 사람들 정도가 방문객이었고 한겨울에, 그것도 이 먼 곳까지 찾아오는 외국인 손님은 그들 둘밖에 없어 더 관심 어린 환대를 받았다. 한솔은 마치 오래전부터 알고 지낸 동네의 할머니, 할아버지인 것처럼 격의 없이 그들과 말을 섞었다.

겨울정원은 삶의 기운을 안으로 품고서 가만히 시간이 지나가길 기다리며 고요히 쉬는 것만 같았다. 그러나 자세히 보면 작은 생명들이 군데군데 숨을 쉬고 있었다. 진한 향을 머금은 겨울꽃 다프네와 물방울처럼 영롱한 하얀 스노드롭 꽃이 잔잔하게 인사해왔다. 부분부분 붉게 물든 수피를 가진 식물이 수진의 시선을 사로잡았다. 수진은 잠시 멈춰 서서 붉은 수피를 손가락 끝으로 조심조심 만져보았다.

"이건 이름이 뭐예요?"

"흰말채나무(Cornus alba)예요. 수피의 선명한 붉은색이 너무 아름답죠? 봄이 되면 가지 끝에서 흰 꽃이 피고, 늦여름엔 동그란 흰 열매가 맺혀요. 열매 안에는 똑같은 모양의 둥근 씨앗이 한 개씩 들어 있어요."

조금 더 걸어가니 윤기 나는 나뭇잎들 사이로 분홍색 별 모양 꽃이 자잘하게 달린 꽃나무가 보였다. 수진은 걸음을 멈추고 그 향을 깊게 들이마셨다.

"향이 무척 좋죠? 그건 볼루아서향 '재클린 포스틸(Daphne bholua 'Jacqueline Postill)'이에요. 네팔 히말라야 숲에서 자라는 나무죠. 네팔에서는 종이를 만드는 데 썼다고 해서 네팔 종이 식물이라 불리기도 해요."

"식물들 이름을 학술 명칭으로도 다 아는 거예요? 최소 수백 가지 종류가 있을 텐데."

수진이 감탄하며 물었다.

"다 아는 건 아니에요. 겨울정원 안내를 맡다 보니 기본적인 것들은 아는 거죠. 늘 공부해야 해요. 그래도 저는 이렇게 식물들 옆에 설명서 팻말이 없는 게 훨씬 좋아요. 최대한 자연 그대로의 모습으로 남기려는 노력은 늘 옳기도 하고, 이름을 모르더라도 보고 느끼면서 기뻐할 수 있잖아요. 자연과 사람 사이에는 아무것도 두지 않는 편이 나은 것 같아요."

애초에 식물은 주목받으려는 욕심도 없고, 누가 보지 않아도 이름을 몰라도 자신의 맡은 바 역할을 하고 있었던 것이다. 그저 존재하기 때문에, 자연의 순리대로 꽃을 피우고 열매를 맺고.

줍고 구불구불한 길을 따라 정원 안쪽으로 더 걸어가자 인기척이 들려왔다. 어린아이 둘과 유모차를 끌고 나온 젊은 부부였다. 짙은 금발의 곱슬머리 아이들이 재잘거리며 노란색 꽃이 피어 있는 꽃나무 앞을 뛰어다니고 있었다.

"작은 폭죽처럼 생긴 저 꽃은 뭐예요? 노란 게 계란지단 닮았어요. 정말 신기하게 생겼어요."

"하마메리스(Hamamelis), 우리나라 말로는 풍년화, 금루매(金縷梅)라고도 해요. 위치 헤이즐(Witch Hazel)이라는 별칭도 있어요. 미국 원주민 인디언들이 이 꽃의 나무껍질과 잔가지를 이용해 염증을 치료했다고 해서 '마법의 꽃'이라고 불리게 되었죠."

두 아이 중 작은 아이가 뛰다가 자꾸만 넘어지자 보다 못한 아이의 아빠가 아이를 덥석 안아 자신의 양쪽 어깨에 올려 앉혔다. 영차, 하는 그의 안경에 하얀 김이 서렸다.

돌연, 고요하던 겨울정원이 새들의 날갯짓과 지저귐으로 활기를 띠었다. 새들은 붉은색 열매를 입에 넣곤 멀리 씨앗을 퍼트리려고 또 어디론가로 날아가버렸다. 새들이 붉은색 계열을 좋아해서 겨울나무 열매들이 자연스럽게 빨강이나 주황이 된 거라고 한솔이 알려주었다.

"겨울은 정원사들에겐 무척 중요한 계절이에요. 늦가을부터 겨울을 날 준비를 하거든요. 겨울에 신경 써서 돌봐야 봄을 잘 맞이할 수 있어요. 절기가 정말 신비한 게, 입춘이 지나는 순간부터 이미 자연은 봄에 예속이 돼요. 저는요 봄을 기다리는 그 마음이 좋아요."

숨을 쉴 때마다 그의 입에서 하얀 김이 모락모락 피어나왔다.

"어렸을 때부터 식물에 관심이 많았어요?" 수진이 고개를 옆으로 돌려 물었다.

"네, 할머니 할아버지 집이 이층집 양옥이었는데 두 분 다 마당이나 옥상을 가리지 않고 꽃과 식물, 채소를 심으셨어요. 처음엔 옆에서 구경하면서 지렁이나 흙을 만지며 놀다가 나중에는 돌보는 일을 도와드리게 되었죠. 계절마다 해야 하는 일이 다르니 잠시도 지루할 틈이 없었어요."

한솔은 그 시절로 돌아간 것처럼 해사한 미소를 지었다. 수진은 할머니의 말에 집중하는 초롱초롱한 눈망울의 어린 한솔을 잠시 상상했다.

두 사람은 이제 다채로운 갈색의 그래스(초화류) 숲을

지났다. 마른 그래스의 다양한 갈색은 흙이나 나무 색과도 그러데이션을 이루며 마음을 차분하게 해주었다. 무채색의 힘이었다. 한솔은 바람에 잔잔하게 나부끼는 그래스 숲을 가리키며 저건 풀이 시든 게 아니라 단지 겨울이 되어 갈색으로 변한 것뿐이라고 담담하게 일러주었다. 중앙 광장에서 왼쪽으로 방향을 틀자 이번에는 그래스 숲과는 정반대인 상록수들과 초록 잔디가 나타났다.

"영국 정원들은 대부분 낙엽수와 상록수를 적절히 섞어 심는데 계절에 따라 변하는 것과 변하지 않는 것들이 함께 어우러져서 더 아름다운 것 같아요. 변하지 않는 것들과 변하는 것들이 서로의 의미를 일깨워주는 거지요."

"정원은 사람을 철학하게 만드는 곳이네요."

수진이 한솔을 바라보며 잔잔한 미소를 지었다.

"제가 오늘 너무 말이 많죠? 쑥스럽네요."

수진은 잠시 걸음을 멈추더니 몸을 돌려 한솔의 얼굴을 올려다봤다.

"제가 여덟 살이나 더 많은데 한솔 님이 저보다 훨씬 더 어른인 거 같아요."

"나이 차가 뭐가 중요해요. 그리고 수진 님은…… 어른스럽지 않아도 돼요. 어른스럽지 않아도 좋아요."

다른 무리의 새들이 빨강 열매 덤불을 향해 파닥거리며 날아가는 소리가 들렸다.

새하얗고 신비로운 자작나무 숲에 다다랐다. 좁고 작게 난 산책로 안쪽으로 걷다 보면 잎이 모두 떨어진 흰색 자작나무들이 드높게 쭉 뻗어 있었다. 연회색과 하얀색이 얼룩덜룩 새겨진 신비로움이 감도는 수피 사이로 새들이 몰려와 영롱한 울음소리를 냈다. 수진은 몇 번이고 깊이 숨을 들이마셨다. 한동안 자작나무 숲을 걷다가 둘은 맨 안쪽 깊숙한 곳에 벤치를 발견하고 잠시 쉬기로 했다. 선선한 겨울바람을 느끼며 벤치에 가만히 몸을 맡겼다.

"나무들이 좀 추워 보여요."

호주머니에 두 손을 집어넣은 수진이 자작나무 가로수 길을 내다보며 말했다.

"사람들은 겨울에 옷을 한껏 껴입으니 나무들이 앙상해서 불쌍해 보이죠. 그런데 이렇게도 바라볼 수 있을 것 같아요. 봄 여름 가을에는 나뭇잎들로 가려져 있던 나뭇가지들의 아름다운 수형을 우린 겨울이 되어서야 볼 수 있잖아요. 긴 시간을 나뭇잎들에게 자리를 아낌없이 내어주고 나서 비로소 완전히 비어낸 모습이요. 나뭇잎들은 나뭇잎들대로 자기 역할을 다하고 낙엽이 되고요."

"그렇게 듣고 나니 뭔가 안심이 돼요."

불과 어제, 햄스테드 히스에서 혼자 앉아 있었던 그 벤치와 이곳은 완전히 다른 세계였다. 수진과 한솔은 앞을 보면서 잠시 각자의 생각에 잠겼다. 아스라한 정적을 한솔이 조용히 깼다.

"몇 달 만에 뵌 건데 마치 그사이 몇 년의 세월이 흐른 것만 같아서, 어제 식당에서 유난히 수진 님 얼굴을 뚫어져라 쳐다봤어요. 언제 또 볼 수 있을까 싶어서 하나하나 다 기억하고 싶었나 봐요."

한솔은 두 손으로 수진의 오른손을 끌어 잡아 손등에 입을 맞추었다. 수진은 고개 숙인 한솔의 옆얼굴을 물끄러미 쳐다보다가 차마 하지 못했던, 어디서부터 어떻게 해야 할지 아득하기만 했던 이야기를 시작했다.

"어떻게 그렇게 사람을 의심할 줄 몰라요? 왜 그렇게 앞뒤 안 재고, 감정을 표현하냐구요. 그렇게 하면 상대가 나를 당연하고 쉽게 대할 수도 있다는 거, 정말 몰라서 그러는 거예요? 매사 그렇게 진심을 담고 마치 상처 같은 것 단한 번도 받아본 적 없는 사람처럼…… 나한테 진심을 다해

줄수록 내가 되게 닳고 닳은 사람처럼 느껴져요. 그리고 무척 초라해져요. 내가 무언가로부터 계속 도망치고 있었다는 것을, 내가 얼마나 외로운 사람이었는지를 깨닫게 하니깐요."

가만히 듣고 있던 한솔이 나지막이 물었다.

"그 사람을 많이 좋아하나 봐요."

"……."

자기 안에 이토록 많은 이야기들이 꾹꾹 눌러 담겨져 있었다는 것을 발견하고 수진은 놀랐다. 수진의 이야기가 완전히 끝날 때까지 한솔은 집중해서 세세한 모든 말들을 빠짐없이 흡수했다. 수진이 이야기를 하다가 감정이 북받치는 것 같으면 잡고 있던 손등에 다시금 입을 맞추었다. 그러고는 가만히 수진의 이름을 불렀다.

"수진 님."

"……."

"그 사람 만나지 마요. 너무 외롭게 하니까 진심으로 좋아하지도 않는 남자와 자는 거잖아요. 모를 줄 알았어요?"

혁범은 수진이 힘들어하는 것을 드러내면 그것을 보고 자기가 더 힘들어했다. 문제를 해결하는 대신 본인이 더 고통스러워하는 방식을 택했던 사람. 수진으로서는 마음을 더 내주지 않으려고 애쓰는 것 말고는 할 수 있는 게 없었다.

한솔은 자신의 말이 조금 심했다고 생각했는지, 그렁그렁한 눈빛으로 그녀의 머리카락을 하염없이 쓸어내리고 있었다.

"한때는 한솔 님이 밉다는 생각마저 했어요. 내가 처한 모호했던 상황을 명료하게 해주니까요. 이미 다 알고 있었는데 인정하고 싶지 않아서 보이지 않는 척했던 것들을요. 그런 상태에서 이렇게 의지하고…… 저야말로 너무 최악인 것 같아요. 나야말로 밉지 않아요? 헷갈리게 하고 있잖아요. 지금 이렇게 손도 잡고 있고."

한솔은 고개를 좌우로 흔들면서 그녀를 품 안으로 와락 잡아끌었다.

"수진 님은 정직한 사람인데, 그런 사람이 침묵하고 있다면 뭔가 말 못 할 사정이 있겠구나, 생각했어요. 간혹 물어보고 싶었지만 참았어요. 그것과 제 감정은 별개니까요. 상대를 그렇게 좋아하는데 바로 답이 나지 않는다고 해서, 원하는 만큼 나를 바라봐주지 않는다고 해서, 어떻게 마음이 편리하게 식을 수 있겠어요. 감정은 원래 그렇게 마음먹은 대로 되는 게 아니잖아요. 제가 바로 그런 마음인데 어떻게 수진 님한테 쉽게 다른 걸 바랄 수 있겠어요."

한솔은 조곤조곤 차분한 어조로 말했지만 수진은 과거에도, 지금 이 순간에도 한솔이 복잡한 감정들 사이에서 인내하고 있다는 것을 알았다.

"왜 그토록 이해심이 깊어요? 나보다 훨씬 인생을 적게 산 사람이."

수진은 숨이 답답해진 양 손바닥을 가슴에 대고 따지듯이 물었다.

"또 나이 얘기. 연상이 연하에게 너그러워야 한다는 규칙은 누가 만든 거예요? 저도 원래부터 이런 사람은 아니었어요. 오히려 일관되게 방어적이었죠. 그런데 놀랍게도 수진 님한테는 겁도 없이 다가서는 저 자신을 발견했어요. 아까 여기까지 운전해서 오는 중에도 서너 번 정도 가슴 안에 그 단어를 떠올렸어요. 사랑, 말이에요. 전 이럴 때 망했다는 말을 속으로 해요. 전 완전히 망했어요."

조금 격앙된 감정을 진정시키려는 듯, 한솔은 수진의 목덜미에 얼굴을 묻고는 천천히 그곳에 입을 맞추었다.

"사랑해요. 당신의 마음을 아프게 하는 사람이 나였으면 좋겠어."

한솔은 처음으로 질투의 감정을 드러냈다. 질투하지 않는 것은 사랑하지 않는 것과도 같았다. 그런 의미에서 이것은 엄연한 사랑의 고백이었다.

7

　귀국 후 두 사람은 주말이면 한솔의 집에서 시간을 보냈다. 현관문을 열면 세 평 남짓의 기다란 거실 겸 부엌이 있는 투룸 빌라였다. 베란다를 확장하고 창가 앞으로 식물들을 위한 공간을 넉넉히 마련했다.

　"식재 작업을 하고 남은 것들을 하나씩 두다 보니까…… 일거리를 집에 가져온 거나 다름없게 되었어요."

　한솔이 서른 개 남짓한 화분들을 둘러보며 계면쩍게 웃었다. 하지만 싱그러운 녹색 잎들 덕분에 좁은 공간은 오히려 여유로워 보였다. 기다란 직사각형 모양의 거실 겸 부엌을 마주 보고 방이 둘 있었다. 왼쪽 방의 바닥에서 천장까지 짜 맞춘 책장이 수진의 눈에 띄었다.

"책 좋아하나 봐요."

"그냥 자기 전에 읽는 게 습관이 되어서요. 영상보다 활자가 전 더 편안해요."

"그게 뭐예요, 요즘 사람 같지 않게."

수진은 자기도 사실 그렇다고 말하려다가 함구했다.

"물건도 잘 못 버려서 쌓아두다 보니까 많아 보이는 거예요. 아, 그나저나 그렇게 유심히 살펴보시니까 제 속이 다 드러나는 것 같아 민망해요!"

"다른 사람 책장은 그래서 구경하는 재미가 있는 거예요."

"읽고 싶은 거 있으면 아무거나 가져가세요. 안 돌려줘도 돼요."

한솔은 이렇게 말하며 책을 꺼내서 페이지를 들춰보던 수진의 허리를 뒤에서 끌어안았다. 그러고는 그녀의 손에서 책을 빼앗아 아무 데나 꽂아두고 그 모습 그대로 수진을 오른쪽 방 침실로 데려갔다. 그 방은 오직 잠만 자는 방으로 침대와 커다란 휘커스 움베르타 화분만이 있었다. 한솔은 사랑의 행위를 하는 중엔 두 사람의 몸이 잠시도 떨어져 있는 것을 용납하지 않았다. 두 몸이 가장 깊이 하나가 되어 있지 않는다면 하다못해 손이라도 꼭 쥐고 있었다. 잠시

라도 닿아 있지 않으면 성에 차질 않아했다.

"여긴 수진 님 집에 비하면 너무 좁고 허름해요. 건축가를 이런 집에 들이다니 제가 미쳤나 봐요."

가끔 한솔이 혼잣말처럼 이렇게 중얼거리면 "나는 이집이 아늑하고 참 좋아"라고 수진이 그의 말을 막았다.

한솔의 집에 가보고 싶다고, 20대의 남자가 혼자 사는 집이 궁금하다고 먼저 말을 꺼낸 것은 수진이었다. 건물 자체는 동네 어디서나 볼 수 있는 흔한 5층짜리 빌라였고, 구조 역시도 평범했지만, 한솔은 분할된 세 개의 공간 하나하나에 명확한 목적을 부여해서 사용했고, 개별 공간에 속하는 물건들이 가급적 그 공간을 벗어나지 않게도 했다. 세입자라면 내 집이 아니니까, 라며 처음 입주할 때 그대로의 상태로 대충 지내기 마련인데 한솔은 직접 도배를 하고 마루를 까는 작업을 했다. 독립적이고 소리 없이 자기 몫을 다하는 한솔을 닮은 집이었다.

건축물 외형을 아무리 근사하게 지어놔도 겉으로 드러나는 것만을 중시하는 사람들은 그 안을 공들여 가꾸는 일에는 별다른 신경을 쓰지 않았다. 그것만큼은 실제로 사는 사람들의 몫이었다. 수진이 내심 탄복하는 것을 전혀 눈치채지 못한 채 그저 그녀가 지내기엔 누추한 공간이라 생각했던 한솔도 만약 수진이 이곳을 편안하게 생각해준다면 얼마든지 집을 내주리라 생각했다. 그녀가 가고 나서 집에 혼자 남아야 한다면, 수진의 체취가 침대 시트에 배어 있는 편이 좋았다.

낮 12시면 길 건너 성당에서 서른여섯 번의 종소리가 울린다는 걸 수진은 한솔의 집에서 처음 알게 되었다.

"삼종 기도를 위해 울리는 거예요. 오전 6시, 낮 12시, 밤 6시, 이렇게 세 번. 뒤의 서른세 번은 예수님이 지상에서 보낸 햇수를 나타낸대요."

집을 둘러싼 세세한 것들에 관심을 기울이는 수진에게 한솔은 충족된 미소를 지으면서 알려주었다. 종소리는 두 사람의 주말 늦잠을 기분 좋게 깨웠다. 더 자고 싶으면서도 그 소리를 들으며 눈을 뜨면 늘 지금 안전한 곳에 있다는 안도감이 들었다. 오후 6시가 되면 또 한번, 이 종소리가 동네에 울려 퍼지리라.

수진은 일요일 이른 아침 또다시 종소리를 들으며 깼다. 기도를 드리는 대신 옆에서 노곤히 자는 한솔의 모습을 들여다보며 '나를 좋아하는 사람을 내가 좋아하게 되는 행운'에 대해 생각했다.

"어, 일어났어요?"

자신을 빤히 쳐다보는 시선을 느꼈는지 한솔이 눈을 뜨며 배시시 웃었다

"조금 전에. 더 자요. 난 오늘 전주의 현장 가봐야 해서 바로 기차 타러 가야 해요."

"잠깐만 기다려봐요."

한솔이 눈을 비비며 침대에서 빠져나와 세수도 않고, 파자마 위로 앞치마를 둘렀다. 그날의 첫 식사를 준비하려고 냉장고를 여는 한솔을 보며 수진이 손사래를 쳤다.

"나 바로 나가야 해요. 뭐 차리지 말아요. 고단할 텐데 나 신경 쓰지 말고 더 자요."

"오믈렛 하나 만드는 것뿐인데요. 금방 해요."

한솔은 정말 뚝딱 금방 만들어서 침대까지 트레이로 가져다주었다. 수진은 그가 손에 쥐여준 포크로 수플레처럼 부드러운 촉감의 오믈렛을 맛보았다.

"아 소원 풀었다, 같이 아침밥 먹는 것."

그러나 한솔의 어린아이 같은 미소에 점차 먹구름이 몰려왔다.

"그런데요…… 같이 있으면 시간이 너무 빨리 가요. 우린 마치 헤어지기 위해 만나는 사람들 같아요."

*

혼자 있는 밤이면 수진은 한솔에게서 빌려온 책을 읽었다. 그의 책장 앞에 서서 한참 책을 고르던 수진은 결국 한솔에게 한 권만 추천해달라고 부탁했다.

"그럼 가장 최근에 읽은 걸 가져가요. 내가 밑줄 그은 부분을 확인하면서 읽게 될 걸 생각하니 어쩐지 기분이 좋아요. 세상에서 단 하나뿐인 책이라구요."

한솔이 뿌듯하게 내민 책을 막상 집에 와서 펼치자, 삐뚤삐뚤 연필로 옅게 밑줄이 그어져 있었다. 그 문장을 읽을 때마다 수진은 가슴이 아렸다. 그 아림은 가끔 불안감을 동반했다. 그럴 때면 망설이다가도 조심스레 한솔에게 전화를 걸었다.

"너무 늦었는데 미안해요. 자고 있었어요?"

"아뇨. 이제 슬슬 자볼까 하던 중이었어요."

거짓말.

애써 자다 깬 목소리가 아닌 척했지만 수진은 그가 별

일이 없는 한 일찍 잠자리에 든다는 것을 알고 있었다. 수진이 잠들 때까지 한솔은 이런저런 이야기를 들려주었다.

그는 또한 귀국 후에도 예전처럼 그녀에게 꾸준히 편지를 써서 보냈다. 새벽까지 같이 있건 없건 상관없이, 늘 보고 싶다는 듯이.

수진 님께,

그렇게 많은 일들이 지난 한 달 사이에 다 벌어졌다니 믿기지가 않아요. 마치 제 삶에 다른 일들은 하나도 없었던 것처럼요. 그러고 보면 그동안 다른 기억나는 일들도 없었던 것 같아요. 오직 당신만이 있었어요. 요즘 제 인생의 전부예요. 함께 지낸 시간만이 제가 살아 있는 사람처럼 느껴지게 해요.

지금 창밖에 비가 내려요. 비가 오니 더 보고 싶어요.

한솔 드림

한솔은 종종 감정적이 될 때면 수진을 '당신'이라고 호칭했다. 아무래도 그는 넘치는 감정을 다스리는 대신 그냥 넘치도록 표현하기로 결심한 것 같았다. 그가 겁도 없이, 요령도 없이, 몸을 사리지 않고 직진하는 모습은 수진을 설레면서도 동시에 두렵게 만들었다. 한솔에게 보고 싶다는 말은 사랑한다, 와 같은 피상적인 뜻이 아니라 정말 보고 싶어 미칠 것 같아서 하는 말이라는 것도 이젠 이해했다.

　수진 님,

　요새 너무 행복한 만큼, 딱 그만큼 걱정도 늘어가고 있어요. 오늘은 아침부터 유난히 더 보고 싶은데 제 일상에서 행여 수진 님이 사라지는 날을 상상하면 금세 절망적이 돼요.

　부탁이 있는데요. 뭐든 작은 일이어도 제가 피곤해지거나 불편해지면 솔직하게 얘기해줄 수 있어요? 꼭 말해줘야 해요. 작은 스트레스라도 쌓이지 않게. 왜냐하면 좋아하는 사람이 힘들어하거나 답답해하는 것이 저에겐 가장 견디기 힘든 일이니까요. 상처받지 않겠다고 약속할게요. 제 존재가 수진 님한테 작게라도 안 좋은 영향을 끼치게 두는 건 정말 싫을 것 같아요. 저는 수진 님이 행복했으면 좋겠고 자주 웃었으면 좋겠어요. 거기에 제가 보탬이 되면 좋겠어요.

참, 요새 숙면을 취하지 못한다고 하셔서 그것도 염려되어요. 마지막으로 다섯 시간 이상 깊이 잔 게 언제인가요? 어디라도 같이 1박 2일로 여행 가서 수진 님이 잠만 푹 자면 좋겠어요. 저는 옆에서 이불을 덮어주고 머리를 만져줄게요. 당신이 깊은 잠을 잘 수 있게요.

한솔 드림

밤늦게 보낸 편지는 조금 더 예민했고, 조금 더 어리광이 서려 있었다. 평소에는 차분하고 나이보다 훨씬 어른스러운 한솔이 편지에선 거꾸로 어린아이처럼 변해갔다. 어쩌면 이쪽이 그의 원래 모습이었을지도.

수진 님께,

요즘 저는 너무 행복해요. 수진 님 생각만 하면 하루 종일 기분이 좋아요. 계속 뭐 하는지 궁금하고, 연락하고 싶고, 품에 안기고 싶고, 옆에 누워 있고 싶어요. 대체 무슨 생각으로 이러는지 모를 정도예요. 첫사랑에 빠진 사람처럼 사랑한다는 말만 하루 종일 하고 싶어요.

　제가 열다섯 살 소년처럼 군다고 당신이 말했었죠? 정말 제 정신연령이 그렇게 된 게 아닌가 의심돼요. 함께 보낸 어제도 저는 마치 열다섯 살로 돌아간 것만 같았어요. 부끄럽고 재미있고 행복하고 아찔하고 쓸쓸했던 시간들이었어요. 몸과 마음이 자란 기분이에요. 저는 아마 오늘은 이대로 청소도 하지 않고(수진 님의 작은 흔적 하나도 없애고 싶지 않아요. 저 원래 되게 깔끔한 사람이었는데!) 어제 있었던 일들을 머릿속으로 복기하다가 잠들 거예요(뜬금없지만, 수진 님은 나랑 같이 자는 거 좋아요? 전 너무 좋아요).

　그뿐 아니라 처음 안았을 때의 두근거림도, 처음 입 맞출 때의 입술의 감촉도, 그날의 향수도, 마주 보고 앉아 부끄러워하던 모습도 빠짐없이 제 눈과 입술과 코와 심장과 손끝과 온몸 곳곳에 남아 있어요. 아침에 눈을 뜨고 지금처럼 잠이 들기 전 마지막으로 눈을 감는 순간까지 당신을 그리워하고 있다면 믿어줄래요? 잊으면 안 돼요. 제가 보고 싶어 하는 것을. 항상 기억은 못 해도 부디 알고만 있어줘요.

추신) 아무리 생각해봐도 제가 수진 님을 훨씬 더 좋아하는 게 분명해요.

편지를 읽을 때마다 무조건적으로 이해받고 하염없이 사랑받고 있다는 실감이 낯설어 수진은 잠시 멍해질 때가 있었다. 한솔이 솔직하면 할수록, 사랑하는 사람 앞에서 낮아지면 낮아질수록, 그에게는 아무 잘못이 없음을, 잘못은 오로지 자신에게 있음을 수진은 인정하지 않을 도리가 없었다.

*

집에 혼자 있다가 현관문 쪽을 쳐다보면 혁범이 누르는 두 번의 초인종 소리가 환청처럼 들리곤 했다. 그러나 그는 상하이 공유오피스 설계 경합을 치르고 나서 기존 설계안을 구체적으로 현실화하는 방안을 마련하기 위해 그곳에 더 머무르고 있었다. 초인종 벨 소리가 혁범을 떠올리게 만들 때마다 마치 신호가 가는 것처럼 한솔로부터 느닷없는 짧은 문자메시지가 들어왔다.

[오후 내내 보고 싶다는 생각만 열 번도 넘게 했어요.]

문자가 오가는 도중 한솔이 '……'라고 쓰면 그건 지금 이 순간 같이 있고 싶다는 의미였다. 이렇게 수줍어하면 수진이 조금 골똘히 생각에 잠기다가 먼저 그 말을 꺼내주었다.

[지금 내가 갈게요.]

수화기 너머로 얼굴이 붉어졌을 한솔을 상상하며 수진은 차 키를 집어 들고 집 밖을 나섰다. 밤하늘의 별들이 어둠을 밝혀주었지만 수진은 미로 속을 홀로 걷는 기분이었다. 그럴 때는 일부러 음악을 크게 틀어놓고 운전했다.

수진이 어떤 마음으로 자신에게 왔는지를 현관문을 여는 순간 한솔은 단번에 알아차렸고 그럼에도 끝내 와준 수진을 으스러지게 껴안았다.

"정말 잘 왔어요."

현관 앞에서 한참이나 품 안에 수진을 품으며 그녀가

차로 20분 거리인 자기 집에 와준 것이 매번 처음인 것처럼 한솔은 감격해했다.

"이대로 아무 데도 가지 말아주면 좋겠어요. 곁에 없으면 하루 종일 당신을 그리워만 하게 돼요. 당신은 심장에 너무 해로운 사람이에요."

두 사람은 거추장스러운 옷에서 서로를 하나둘 해방시켜주었다. 그러나 마지막으로 알몸이 되었을 때 수진은 속옷에 묻은 검붉은 혈흔을 발견했다. 규칙적이던 주기가 어느새 바뀌어 있었다.

"아……."

수진의 놀란 목소리에 한솔이 뒤이어 알게 되고 조금 당황한 표정으로 수진의 기색을 살폈다. 그와 상관없이 수진은 금세 담담하게 상황을 정리해버렸다.

"안 되겠어요. 시트와 이불이 다 더러워지겠어요. 미안해요."

그보다 한솔은 걱정스러운 목소리로 배에 통증은 없냐고 물었다. 수진이 괜찮다고 하자 한솔은 수진을 편히 눕히고 그 옆에서 그녀의 아랫배를 부드럽게 어루만지기 시작했다.

"더럽다는 표현을 왜 써요. 묻어도 괜찮아요. 그리고 뭐가 미안해요. 잘못한 것도 아니고 자연스러운 건데……."

한솔은 손으로 마사지하는 것을 잠시 멈추더니 수진의 배꼽에 얼굴을 묻고 시계 방향으로 부드럽게 키스했다.

"……그런데 피 묻은 거 보면 좀 그렇지 않아요?"

조심스럽게 묻는 수진에게 한솔은 단호히 고개를 좌우로 흔들어 보였다.

"처음이지만 괜찮아요. 사실 조금 신기하고 놀랍기도 해요. 잠시만요."

그가 옆방으로 가서 커다란 사이즈의 타월을 가져와 수진의 몸 아래에 덧대어주었다.

"어때요? 이러면 좀 나을까요?"

자신의 몸에서 흘러나오는 핏자국을 보면서도 아무렇지도 않아 하는 이 남자아이를 수진이야말로 신기한 감정으로 쳐다보고 있었다.

"……지금도 원해요?"

수진이 침침한 조명 아래서 단도직입적으로 물었다. 이건 사실 더러운 거야, 무리하지 않아도 돼. 수진은 눈빛으로 그렇게 전하고 있었다.

"솔직히요? 너무너무요. 너무너무 안고 싶어요. 하지

만 아프거나 불편해할까 봐 걱정이 될 뿐이에요. 그렇다면 저는 절대 하지 않을 거예요."

그는 그 말을 하면서도 쉬지 않고 한 손으로는 수진의 아랫배를 어루만지고 있었다. 한솔이 뜨겁게 내뱉는 그 말에 수진은 달뜨며 눈가 밑이 불그스름해졌다.

"그거 알아요? 처음이긴 나도 마찬가지예요……."

수진은 한솔의 두 팔을 끌어당겨 그를 품 안으로 들였다.

두어 시간 후 조명을 다시 밝게 올리자 시트와 이불과 수건은 검붉은 얼룩으로 엉망진창이 되어 있었다. 한솔의 허벅지 안쪽에도 더러 핏자국들이 묻어 있었다. 그러나 그 것들을 확인하면서도 한솔은 표정 하나 바꾸지 않았다. 아니, 그는 두 사람이 함께 무아지경의 만신창이가 될 수 있었음에 무척 행복해하듯 뒷정리를 도맡아 하는 내내 엷은 미소를 짓고 있었다. 그 표정을 보며 수진은 울컥했다. 사람이 섬세한 것은 원래 성격이 그래서가 아니라 그 사람을 사랑하기 때문에 섬세해지는 것뿐이라는 사실을 수진은 이제야 깨달았다.

8

건축 일을 하다 보면 항상 예상치 못한 크고 작은 문제들이 발생했다. 도중에 건축주의 요구사항이 바뀌거나, 거듭되는 설계변경 요구로 처음 계획한 예산이 몇 배로 불어나거나 아예 1/3로 줄어들기도 했다. 시공사가 문제를 일으키거나 천재지변이 일어나 프로젝트 자체가 올 스톱이 되는 경우도 있었다.

참신함과 실용성을 인정받은 상하이 공유오피스 현장에서도 곧 문제들이 속출했다. 건축물의 상징적인 부분에 쓰일 외장재는 직접 디자인해서 현지 업체에 제작 주문을 넣었는데 정작 주문한 대로 나온 샘플이 하나도 없었다. 더 나아가 지정한 재질을 임의로 바꾸곤 '이것이 낫다'고 몽니를 부리기까지 했다. 원재료 단가와 가공비 문제로 잔술수를 쓴 게 훤히 읽혀서 더욱 실망스러웠다. 그렇다고 지금와서 다른 현지 공급업자를 물색하는 것도 현실적으로 무리였고 한국 공장에 제작 의뢰를 하자니 기존 예산으로 충당이 어려웠다.

현지 파트너로서 꼼꼼히 일해줘야 하는 감리회사의 내부 인원이 바뀌면서 인수인계가 원활히 이루어지지 않았던 것이 화근이었을지도 모른다. 현지 노동력이 저렴한 것은 예산상 유리했지만 그만큼 시공 퀄리티의 질이 낮은 것이 여전히 우려가 되었다. 엎친 데 덮친 격으로 중국 현지의 관료적인 공무원들이 (아무리 절차적인 행정 문제라고 말은 하고 있지만) 불합리한 간섭과 억지스러운 압박을 해왔다. 그것을 쉽게 해결하는 법에 대해서 혁범은 귀띔을 받았지만 매번 단호하게 거절했다. 그간 건축 일을 하면서 많은 위기를 겪었던 혁범이었지만 이번만큼 고약하게 많은 것들이 한데 꼬인 적은 처음이었다.

그렇게 두어 달을 상하이 현장에서 정신없이 보낸 혁범은 귀국을 해서도 쉴 틈 없이 그간의 공백을 메꾸기 위해 다른 프로젝트들을 돌보았다. 시간을 쪼개 건축주를 만나고, 시공사를 만나고, 현장에 다니느라 거의 매일같이 축 늘어진 모습으로 오후 늦게야 사무실로 복귀했고 건물 전체가 소등하는 밤 12시까지 남아 있었다.

사무실 안에 팽팽한 긴장감이 감돌게 된 데는 다른 이유도 있었는데, 파트너인 이수찬 대표가 따로 독립해서 나갈 거라는 소문이 돌면서부터였다. 작년 가을 즈음부터 스멀스멀 두 대표의 불화설이 돌던 차였다.

"코스트 컨트롤 문제는 그 누구보다도 강 대표가 책임감을 가지고 챙기던 건데. 가끔 보면 대체 저 녀석 머릿속에 뭐가 들어 있는지 알 수 없다니까. 자기 원안대로 외장재를 만들겠다고 그걸 한국에서 만들어 실어 보내는 게 말이 돼? 그 비용, 우리가 떠안을 셈인가? 이런 고집 부리는 모습은 처음이라니까."

이수찬 대표는 일부러 다른 사람도 아닌 수진에게 노골적으로 짜증을 내며 말했다. '가끔은 저 녀석이 머릿속으로 무슨 생각을 하는지 알 수가 없다.' 수찬의 이야기를 들으며 수진은 움찔했다. 그것은 수진도 가지고 있던 생각이었으니까. 하지만 다른 사람도 아닌 수찬에게 그런 얘기를 듣고 싶진 않았다. 물론 그것은 다분히 의도를 내포한 전조였다. 다음 날 수찬은 아예 노골적으로 수진에게 말했다.

"고 실장이 강 대표가 데리고 온 사람이라는 건 알지만 일은 나하고 주로 해왔잖아. 내가 독립하게 되면, 고 실장만큼은 꼭 데려가고 싶어. 아니, 모셔 간다고 해야겠지."

멋쩍어하며 말하는 수찬의 시선을 수진은 일부러 피했다.

수진은 코드 아키텍츠의 시작을 바로 어제처럼 떠올릴 수 있었다. 독립하면 일을 맡기겠다고 호언장담하며 도와주겠다고 했던 사람들이 연락을 뚝 끊기도 했고, 말도 안 되는 헐값으로 후려치기도 했다. 다행히 반년 뒤부터 사무소는 터무니없이 바빠졌지만 그렇다고 구체적인 소득이 제대로 발생한 것은 아니었다. 그럼에도 수진과 혁범은 당시 임신한 아내가 있었던 수찬을 가급적 일찍 귀가시켰고 대신 두 사람이 함께 남아 늦게까지 일했다. 그때 수찬이 두 사람에게 얼마나 고마워했는지도 기억이 생생했다. 시간은 왜 이토록 사람을 변하게 만드는 것인가. 그 질문은 이제 수진 자신에게도 해당되었다. 만약 이 시점에 이 대표가 따로 독립해서 나간다면 상하이 프로젝트의 금전적 손해는 고스란히 혁범 혼자 떠안게 될 공산이 컸다.

사무소 사람들은 이수찬 대표가 함께 비 맞는 걸 피하기 위해서라도 이때다 하고 빠져나갈 거라고 수군대다가도 혁범이 나타나면 어색하게 입을 다물었다. 수진은 조용히 사무실로 들어가 문을 닫는 혁범의 뒷모습을 멀리서 지켜보며 여태껏 그가 자신에게 단 한 번도 개인적인 고민이나 불만이나 불안한 마음을 토로한 적이 없었다는 것을 새삼 떠올렸다. 그래서 가만히 지켜보고 기다리는 것 말고는 할 수 있는 것이 없어서 수진은 무척 외로웠다.

늘 그랬던 혁범이라 그의 갑작스러운 연락에 수진은 동요했다. 해가 지면서 일기 예보와는 달리 3월의 봄비가 뜻밖의 눈보라로 바뀌어가던 참이었다.

[저녁 같이 먹자. 오랜만에 밥해줄게.]

현관 벨 소리가 두 번 울리고, 수진이 문을 열자 혁범은 가방 옆에 커다란 식료품 봉투를 들고 서 있었다.

쑥갓을 듬뿍 넣은 맑은 두부전골을 사이에 두고 둘은

앉았다. 수진은 숨을 깊이 들이마시며 속으로, 더 늦기 전에 그에게 고해야 할 말들을 가늠하고 정리했다. 혁범은 오목한 국그릇에 국물과 건더기를 퍼서 수진 앞에 먼저 내주었다. 그러고선 자신의 몫도 담은 뒤 안경을 테이블 위에 벗어놓고 뜨거운 국물을 후후 불어가며 천천히 수저를 떠서 입에 가져갔다. 가까이서 보니 혁범은 한결 해쓱해져 있었다.

"많이 먹어."

정작 많이 먹어야 할 사람은 혁범 같았지만 그는 그 말을 수진에게 건넸다.

"응."

수진은 그가 지친 모습으로 밥을 먹는 모습을 물끄러미 바라보았다. 혁범은 틈틈이 동작을 멈추고 그런 수진과 눈을 마주치기도 했다가 거실 창밖의 나뭇가지들 사이, 눈보라가 사선으로 휘날리는 모습을 가만히 내다보기도 했다.

"3월 초인데 눈이라니⋯⋯ 겨울이 참 오래 가네."

수진이 어떻게 말을 꺼낼까 하며 소리 없이 입 모양을 만들어보고 있는데 혁범이 불쑥 화제를 돌렸다.

"수진아. 요새 무슨 일 있니?"

그의 입에서 오랜만에 불리는 자신의 이름에 수진은 가

습이 철렁 내려앉았다.

"그게 무슨 말이야?"

"내가 정신없어서 요즘 거의 못 봤잖아. 오랜만에 봐서 인지 네가 조금 달라 보여."

"어떻게 달라졌는데?"

"표정이 밝고 좋아 보여."

혁범이 여전히 자신의 속내를 들여다보지 못하고 있구나, 라는 자각에 수진은 또 한번 참담해졌다. 수진이 안고 살아가는 감정의 깊이를 어쩌면 그는 영원히 모를 것이다. 그러한 그의 '세심한 무지'는 수진을 참 쓸쓸하게, 아주 가끔은 비루하게 만들어왔다. 하지만 그것을 '우리만의 방식'이라고 합리화해온 것도, 그때마다 다양한 변명거리를 만들어온 것도 어차피 자신이었음을 수진은 받아들였다.

"내가 밝아 보이거나 좋아 보이면…… 싫어?"

"그런 말이 어딨어. 둘 중 한 사람이라도 잘 지내야지."

혁범은 고개를 옆으로 돌리며 말했다. 두 사람은 묵묵히 다시 식사를 이어갔다.

어색한 침묵을 다시 깬 것도 혁범이었다.

"다른 사람이 있다는 느낌을 받았어. 그렇다 해도 나에겐 그걸 탓할 권리가 없어."

모든 걸 예감한 혁범의 눈동자에선 아무런 감정도 읽어낼 수가 없었다.

"……왜 다른 사람 만난다고 말을 못 해? 모든 걸 솔직하게 말하기로 했잖아."

혁범은 낮은 한숨을 내쉬며 힘없이 미소를 지었다.

"그동안 나한테 하고픈 얘기가 많았을 텐데…… 내가 곁에서 찬찬히 못 들어준 것 같아 미안하다."

수진은 그간 혁범에게서 '미안하다'는 말을 몇 번이나 들었는지를 되새겨보았다. 지난 세월 동안, 헤어지자고 몇 번이나 먼저 말했던 것은 수진 쪽이었다. 그리고 대개 헤어지자고 여러 번 말하는 쪽이 사랑에서는 늘 약자였다.

"미안하다는 말 이제 그만해. 그 말 되게 사람 지치게 해. 덧없고 오만해."

그리고 지금 처음으로 수진은 그와 자신이 대등해질 수 있을 것 같은 기분이 들었다. 상대를 지나치게 사랑하지 않는 것으로. 미안하다는 말에 미안해하지 않는 것으로.

"화가 나서 이러는 게 아니고. 오히려 내가 나한테 화가 나. 이런 내가 더 이상 견디기가 힘들어서 그래. 당신과 있을 때의 내가 싫어."

수진의 목소리가 점차 격앙되어갔다.

"······미안해."

혁범이 고개를 숙이고 더 이상은 말을 아꼈다. 수진도 답답해진 속을 달래느라 말없이 공허한 눈빛으로 혁범을 바라보았다. 불현듯 그의 얼굴에서 불과 몇 달 사이에 달라진 것들을 발견했다. 거칠거칠한 피부, 늘어난 주름, 지친 안색과 호기심을 잃은 눈빛을 보면서 그가 어느새 나이가 들었음을 확 느꼈다. 결코 몸과 정신이 늙지 않을 것만 같았던 그가.

혁범은 수저를 다시 잡고 남은 식사를 마저 취했다. 마지막 국물 한 방울까지 말끔히 비웠다. 더 이상 캐묻지 않는 그만의 배려와 지독한 평정심에 수진은 작은 절망을 느꼈다. 혁범은 매번 이런 식이었다. 그럼에도 상관하지 않았다. 지금까지는.

가까운 몇몇은 말했다. 저런 사람 대체 어디가 좋아. 나이도 여덟 살이나 많고 너가 더 퍼주는 그런 관계를 왜 버리지 못하는데. 어렸을 때 즐겨 입던 이상한 옷처럼, 품에서 놓아주지 않았던 애착 담요처럼, 다른 사람의 관점에서 보면 이상하지만 적어도 자신에겐 살아오면서 양보할 수 없는 것들이 있었다. 아무리 사람들이 말려도 차마 버리지 못하는 것. 그 어떤 말을 들어도 상관없다고 느껴지는 것, 바로 사랑이었다. 그 마음을 당해낼 재간은 없었다. 사랑 앞에선 좀처럼 면역이 생기지 않았다. 하지만 이제 수진은 모든 각오가 되어 있었다.

혁범은 마치 아무것도 들은 일 없는 것처럼, 혹은 자신한테 무슨 일이 벌어져도 상관없다는 것처럼 굴었다. 그의 텅 빈 시선이 어디를 향하는지도 수진은 알 수 없었다. 그는 살아오면서 매달리거나 억지를 부리는 방식으로 문제를 해결해본 적이 단 한 번도 없었다. 누군가는 그러지 않아도 되는 상황이어서 가능했을 뿐이라고 지적할지도 모르겠지만.

"어쩔 수 없지."

혁범이 침착하게 말했다.

어쩔 수 없지. 그것은 그가 습관처럼 입에 올리는 말이었다. 회사 일이나 전처와의 일로 문제가 있어도 늘 그 말 한 마디만을 하고는 자기 안으로 깊이 침잠해 들어갔다. 어떻게 보면 감정적으로 무너지는 것을 사전에 방지하기 위한 그만의 주술처럼도 보였다. 오랜 기간 곁에서 그 말을 들을 때마다 수진은 매번 깊은 무력함을 느꼈다.

참 잔인한 말이었다. 때로는 어떻게 해볼 수 있는 것들도 있지 않냐고 그를 붙잡고 흔들고 싶기도 했다. 내가 어떻게든 도울 수 있는 게 정말 없는 거냐고. 다른 사람의 개입은 일절 허용하지 않고 끝내 혼자서 다 처리하고 말 거냐고. 하지만 그 말들은 입안에서 맴돌 뿐 바깥으로 미처 나오질 못했다.

"아무튼 잘 알았어. 네가 바라는 대로 하자. 그게 좋겠다."

그의 목소리가 경미하게 떨리고 있었지만 수진은 그것을 모른 체했다.

식사를 마치기까지 깊은 침묵이 둘 사이를 터질 듯이 채웠다. 이렇게 계속 그와 마주 앉아 있으면 조금 전의 각오가 사라지고 자신이 과거에 했던 행동을 어느 순간 반복하게 되지 않을까, 수진이 일순 두려움에 휩싸이던 찰나, 그녀의 휴대폰 메시지 음이 작게 울렸다.

[사랑해요. 오늘도 엄청 사랑함.]

혁범은 시선을 수진의 어깨 너머에 두고 앞에 놓인 유리잔을 들어 물을 한 모금 마셨다. 수진은 그 메시지에 눈

길을 주다가 울컥 눈물이 날 것 같은 걸 애써 참았다. 그때 쨍그랑 소리가 났다. 혁범의 손을 빠져나간 유리잔이 바닥에 떨어져 산산조각 나 있었다. 혁범이 의자에서 몸을 일으켜 바닥에 무릎을 꿇고 맨손으로 유리 조각들을 줍기 시작하는 걸 수진은 잠시 멍하니 바라봤다. 혁범이 안경을 쓰지 않은 얼굴을 바닥 가까이에 대고 낮게 엎드리는 것도.

"안 돼, 하지 마요."

수진이 다용도실에 가서 빗자루를 가져왔지만 혁범은 여전히 무표정한 채로 맨손으로 유리 조각을 치우고 있었다.

"그만두라니까. 지금 뭐 하는 거야……."

수진이 등지고 엎드려 있던 혁범의 어깨를 잡아당기자 유리 조각들에 베어 피범벅이 된 두 손바닥과 벌겋게 부어오른 그의 얼굴이 보였다. 소스라치게 놀란 수진이 두꺼운 부엌 장갑과 종이봉투를 가져와 그의 손에 박힌 예리한 유리 파편들을 정신없이 털어냈다. 여전히 바닥에 무릎을 꿇은 채 혁범은 피범벅된 두 손으로 얼굴을 가리고 소리 죽여 울기 시작했다. 1993년 이례적인 폭염을 기록하던 어느 여름날, 엄마에게 버림받은 그날의 소녀처럼.

9

밤 9시가 넘어가자 이제 눈보라는 거의 비에 가까워지고 있었다. 변덕스러운 계절이었다. 수진은 조수석에 앉은 혁범에게 물었다.

"와이퍼 켜는 게 이거였지?"

"응."

수진은 혁범의 차를 대신 운전하면서도 중간중간 고개를 돌려 붕대에 감긴 혁범의 손에 시선을 보냈다. 지난 한 시간이 어떻게 흘러갔는지 기억에 없었다. 세상에는 어떤 상황에서도 초연하고 변함없고 자기중심이 서 있는 그런 사람이 있었다. 방금 전 수진은 그 사람이 바로 눈앞에서 산산조각 나 부서지는 것을 보았다.

"아까는 많이 놀랐지. 미안."

그의 말에 수진은 쓰라림을 느끼며 핸들을 틀어 커브를 돌았다. 이미 모든 게 너무 늦어버렸다.

손을 다친 그의 짐을 대신 들어주기 위해 '마지막'을 고한 날에야 처음으로 그의 집에 들어가보다니. 마치 신의 장난 같았다. 수진이 고집을 부렸다면 이 집에 들어오지 못할 이유는 사실 없었다. 예전에도 아파트 앞에 잠깐 차를 세워두고 15층 현관 앞에서 잠시 기다렸던 적은 있었으니. 돌이켜보면 혁범보다 수진 자신이 이 집을 피해왔었다.

처음 들어가본 혁범의 아파트는 수진이 상상한 그 어떤 모습과도 달랐다. 그곳은 황량한 사막 한가운데 떠 있는 섬 같았다.

'그냥 잠만 자고 나오는 데야'라는 혁범의 말은 진실에 가까웠다.

거실에는 소파와 그 옆에 놓인 작은 협탁 하나가 전부였다. 그 어디에도 한때 가족이라 부르던 사람들의 사진이 들어간 액자는 보이지 않았다. 창문에는 커튼조차 달리지 않아 거실 창밖으로 별 하나 없는 적막 같은 밤하늘이 펼쳐져 보였다. 책상과 자료들이 박스째로 쌓여 있는 방, 침대가 놓인 방, 세 번째 방은 아예 휑하니 비어 있었다. 가족도 가구도 물건도 없으니 공간은 과하게 넓어 보였다. 그저 잠만 자기 위한 집을 넘어, 무언가로부터 도망쳐 온, 그리고 언제라도 도망칠 준비가 되어 있는 사람의 집이었다.

'그거 알아? 이 집은 수진과 참 많이 닮아 있어. 여기 오면 얼마나 마음이 편한지 몰라.'

숨죽인 채 그의 집 안을 둘러보며 수진은 무심코 지나쳐 들었던 혁범의 말을 떠올렸다.

'정말 지독한 남자야.'

수진은 고개를 절레절레 흔들었다. 어느새 눈시울은 벌게져 있었다. 수진은 손등으로 눈가를 비비면서 가까스로 울음이 터져 나오는 것을 참았다. 대신 그동안 안으로만 꾹꾹 담아두었던 말들을 밖으로 꺼냈다. 그녀가 건축 일을 해 오면서 늘 그래 왔듯, 의도적으로 부풀려진 언어를 경계하면서.

혁범은 슬픈 눈빛으로 그 이야기들에 밤늦도록 귀 기울였다.

수진은 그날 이후, 자주 잠을 설쳤다. 한참을 뒤척이다가 겨우 잠이 들었고, 아파트 복도에 울리는 귀가가 늦은 이웃들의 발걸음 소리에도 수시로 깨어났다. 잠이 들어선 현실보다 더 생생한 꿈을 꾸었다. 초인종 벨이 울리는 소리가 들려 현관문을 열어보면 비에 흠뻑 젖고 눈이 충혈된 남자가 원망 어린 눈빛으로 이쪽을 쳐다보며 서 있었다.

그렇게 일주일을 보내면서 수진은 점차 말수가 없어졌다.

잠을 거의 못 이루고 새벽을 맞은 어느 날, 수진은 더 이상 지체하지 말자고 다짐하며 연락을 피하던 것을 멈추고 한솔에게 먼저 전화를 해서 약속을 잡았다.

"대체 지난 한 주간 무슨 일이 있었던 거예요. 그렇게 바빴어요? 내가 얼마나 걱정했는데……."

말은 그렇게 했지만 한솔이야말로 얼굴에 핏기가 없고 눈망울엔 근심 어린 그늘이 드리워져 있었다. 그 사슴 같은 눈망울을 똑바로 쳐다보며 수진은 일방적으로 고했다.

앞으로는 더 이상 만나지 않을 거라고, 연락도 하지 않을 거라고.

조금 뜸을 들이고선, 이제 편지도 그만 보내주었으면 좋겠다고 덧붙였다. 한솔은 안색이 점차 창백해지면서도 수진의 이야기를 가만히 참으며 듣고 있다가 중간중간 침묵이 어색할 즈음, "알았다"며 말을 끊었다.

"죄송해요, 저 먼저 일어날게요."

한솔이 자리에서 일어나 기다란 그림자를 드리우며 카페 밖으로 나갔다. 그의 뒷모습을 멍하니 바라보다가 수진도 자리에서 일어났다.

*

다음 날 아침, 그로부터 편지가 왔다.

편지를 그만 보내주었으면 좋겠다고 하셨는데 이렇게 또 보내는 걸 부디 용서해주세요.

수진 님,

저는 언제고 이런 상황이 올 수 있다는 것을 알고 있었어요. 마음의 준비는 늘 되어 있었어요. 제가 지겨워지거나 부담스러워지면 언제라도 주저 없이 말해달라고 몇 번이고 당부드렸었지요.

그건 진심이었어요. 수진 님이 아무 말 없이 제 앞에서 사라질 수도 있다고 각오했었으니깐요. 그런 마음의 준비를 하는 저 자신이 너무 싫었지만 그것과 가만히 기다리는 것, 그 두 가지 말고는 제가 할 수 있는 일이 아무것도 없다는 것을 저는 아주 어렸을 때부터 터득하고 있었어요. 그것은 제가 선택할 수 있는 일도 아니었고요.

그렇게 마음의 준비를 해두었으니까, 나는 이 상황에 익숙하니까, 그리고 잘 헤쳐왔으니까, 무슨 일이 생겨도 견뎌낼 수 있을 거라 생각했어요. 그런데 어제 당신이 그 이야기를 꺼내는 순간, 시야가 흐릿해지면서 아무것도 눈에 들어오지 않았어요. 분명히 그게 뭐든 나도 이야기를 하고 싶었는데, 그러려고 애쓸 때마다 속이 울렁거렸어요. 제가 어떤 말을 하게 될지 몰라 너무 두려웠어요. 그 말이 수진 님을 다치게 할까 봐, 그래서 마음을 단단히 잡아매고 가만히 듣고만 있었어요. 끝까지 다 못 듣고 중간에 일어나서 정말 죄송했어요. 어쩔 수가 없었어요. 제 심장이 터져버릴 것 같았거든요.

수진 님을 원망하거나 미워하진 않아요. 앞으로도 그럴 거예요. 그래서 수진 님의 사과를 듣는 게 괴로웠어요. 왜 사과해요, 잘

못한 것도 없는데. 수진 님이 잘못했다고 조금도 생각하지 않아요. 저 혼자 저희의 관계를 착각하고 있었던 걸 수도 있잖아요.

저는 어쩌자고 그렇게 첫사랑에 빠진 사람처럼 대책 없이 굴었을까요? 전 그저 아무 의심 없이 감정에 최선을 다하고 싶었어요. 그냥 당신이 너무 좋았어요. 시간이 지나면 지날수록 더 좋았어요. 제가 혹시 수진 님의 마음을 아프게 하거나 힘들게 했나요? 사랑하는 사람의 마음을 그렇게 했다면 무조건 제가 잘못한 거예요.

수진 님을 잘 알아요. 마음을 되돌릴 수 있을 거라는 기대는 불행히도 없어요.

그런데요, 앞으로 어떻게 수진 님을 보지 않고 살아갈 수 있을까요. 제가 얼마나 참을 수 있을 거 같으세요. 너무나 보고 싶어서 이렇게 늘 몸살 걸린 것처럼 앓고 있는데. 이렇게 틈만 나면 폰만 쳐다보고 있고, 연락이 없는 날이면 하루 종일 우울해하고 있는데. 수진 님을 생각하고 있을 때 누가 말을 걸어 그 생각이 깨지기라도 하면 기분이 몹시 좋지 않은데. 잠시도 당신 생각이 떠나질 않는데. 정말 어떻게 하면 좋을지 모르겠어요.

사랑해요.

여전히 사랑해요.

지금 눈물이 하염없이 흘러나오는데 어떻게 해야 할지 모르겠어요. 이 눈물이 다 나오고 나면 수진 님을 잊게 될까 봐 그것도 겁이 나요.

이렇게 좋아하는데 어떻게 마음을 접어······.

항상 깍듯이 존댓말을 쓰던 한솔이 처음으로 반말을 쓴 편지의 마지막 문장을 수진은 몇 번이고 되뇌었다. 언젠가 식물의 죽음에 대해 한솔이 해준 말이 기억났다. 어떤 식물들은 아무리 완벽한 환경을 제공해주어도 이유 없이 그냥 죽는다고. 그렇게 일단 죽기로 결정한 식물들은 이 세상의 그 무엇으로도 다시 살려낼 수가 없다고. 그래서 식물을 키우는 데에 있어서 중요한 것은 절대로 죽지 않게 하는 게 아니라, 살아 있을 동안 최선을 다하는 거라고. 다만 식물이 죽음을 맞을 때는 그 최선이 충분하지 못했던 것뿐이고, 그것은 그 누구의 잘못도 아니라고.

"그런데요."

한솔은 마치 거기에는 반전이 있다는 듯, 한 템포 쉬다가 말을 계속했다

"아주 가끔은, 죽은 것처럼 보이는 식물이라도 얼마 후

강인한 생명력으로 다시 살아나기도 해요. 그래서 완전한 죽음을 확인하기까지는 여러 달이 걸리기도 하죠. 대단하지 않아요?"

그의 천진한 목소리가 바로 옆에서 들리는 것만 같았다.

*

두 사람은 어제, 그러니까 이별을 이야기하고 카페 밖으로 나가, 길을 걷다가 보인 첫 번째 모텔에 들어가 몸을 섞었다. 어쩌자고 그랬는지는 알 수 없었다. 하지만 그것은 수진에게만 해당되는 얘기였고 한솔은 이미 그때 모든 과정을 읽고 있었는지도 모르겠다. 두 번의 사정이 끝나고, 한솔은 느닷없이 몸을 일으켜 몸을 정반대로 돌렸다. 그러고는 흰 시트의 끝자락을 걷어 올려 수진의 발을 찾았다. 열 개 발가락을 하나하나 만져보고, 발목부터 종아리까지 찬찬히 관찰하며 매만졌다. 그간 상대적으로 신경 쓰지 못한 몸의 부위까지 마지막 순간에라도 다 꼼꼼히 챙기려는 듯이. 여러 달을 기다리는 대신 식물의 뿌리 상태를 보면 완벽한 사망 진단을 내릴 수 있다고도 그는 말했었다.

"거기서 뭐 해……."

수진이 목이 메어 희미하게 목소리를 내어 물었다.

"피부가 참 희어요."

"응."

"부럽다."

대체 이 아이는 지금 뭐라는 걸까. 한솔은 수진의 발뒤꿈치와 열 개의 발가락에 차례대로 입을 맞추었다. 그 순간 한솔이 자신의 마음을 붙들고 이별을 애써 소화시키는 중이라는 것을 수진은 어슴푸레 깨달아가고 있었다.

모텔을 나오니 바깥엔 여전히 쨍한 봄 햇살이 내리쬐고 있었다. 눈이 부셨다. 함께 큰길까지 조금 걷다가, 누가 먼저랄 것도 없이 등을 지고 반대 방향으로 갈라섰다. 한솔의 모습이 보이지 않을 때까지 수진은 덩그러니 그 자리에 서 있었다. 한솔은 한 번도 뒤돌아보지 않았지만, 그가 일부러 그러리라는 것도 수진은 알고 있었다. 이제 그는 두 번 다시 편지를 보내오지 않을 것이었다.

*

수진은 무거운 몸으로 잠에서 깨어나 화장실에 갔다.

어제 있었던 모든 일들이 꿈속에서 일어난 일처럼 비현실적으로 느껴졌다. 그러나 변기에 앉자마자 몸속에 남아 있던 마지막 정액이 흘러나왔다. 끝까지 버티고 있던 그의 마지막 흔적이 빠져나왔음을 느꼈을 때, 그것은 꿈 따위가 아니었고, 수진은 한솔이 이제 완전히 떠나버렸음을 알았다.

10

수진 님께,

잘 지내시지요. 참 오랜만에 편지를 보내요.

어떤 마음은 어서 편지를 쓰라고 하고
어떤 마음은 그런 생각이 얼씬도 못 하게 했어요.
어떤 마음은 이러는 게 옳다고 하고
어떤 마음은 이것도 잘하는 건 아니라고 해요.
어떤 마음이 진짜 내 마음인지, 그런 게 있기나 한 건지 혼란
스럽게 지난 한 달 반을 보냈어요. 하지만 이제는 괜찮아요. 아니
점점 괜찮아질 거예요. 괜찮아지도록 제가 애쓸 거예요. 우리 두

사람 모두를 위해.

　말씀드릴 게 있어요. 저, 내일 런던으로 떠나요. 영국 왕립원
예협회가 운영하는 힐리어 가든(The Sir Harold Hillier Garden
& Arboretum)에서 조경을 더 체계적으로 공부하기로 했어요.
다행히 일도 병행하면서 할 수 있을 것 같아요. 2년을 계획 중인
데, 어쩌면 그 후에도 그곳에 남아 직장을 찾게 될지도 모르겠
어요.

　실은 어제 수진 님이 사는 동네에 갔었어요.
　그냥 가보고 싶었어요. 수진 님이 사무실로 출근할 때 이용
하는 버스 정류장에서 한참을 서성이기도 했다가 예전에 스웨덴
대사관저 행사 끝나고 함께 집으로 향하던 길 그대로 혼자 걸어
보기도 했어요. 아주 오래전에 왔던 것 같은데 그 일이 불과 작년
가을이었다는 게 걷는 내내 믿기지가 않았어요. 계절이 달라져서
그런지 무척 낯설었고, 그때가 먼 과거처럼 느껴졌어요. 생수를
샀던 상가 슈퍼에도 들어가보고, 그때는 밤이라 닫혀 있던 세탁
소와 문방구, 떡집, 아주머니 혼자 운영하시는 왁자지껄한 미장
원도 들여다보았어요.
　아파트 단지 입구로 걸어가다가 사과를 샀던 과일 가게가 보

여 무척 반가웠는데요, 그때는 아저씨가 참 친절하셨던 기억이 있는데 어제는 제가 가게 앞에 서 있으니, 괜히 눈치를 주시지 뭐예요. 아, 그때는 제 옆에 수진 님이 계셨으니까 그토록 사람들은 우리에게 친절했고 모든 정경이 따뜻한 분위기로 기억되었구나 싶었어요.

문득 또 한 가지 사실을 깨달았어요. 수진 님이 사는 동네에 간 게 어제가 겨우 두 번째, 라는 걸요. 그리고 마지막이기도 하고요. 숨어 있던 가시에 찔린 것처럼 마음이 다쳐서 걸음을 돌릴까 잠시 멈춰서서 고민했어요. 하지만 두 번째든 마지막이든 당신이 머무는 장소들에 서 있고 싶었어요.

녹지가 우거진 아파트 단지 안으로 걸어 들어갔어요. 수진 님이 사는 아파트 동이 단지 맨 끝에 있다는 것만 어슴푸레 기억이 났어요. 항상 얘기해주시던 거실 창밖의 거대한 벚나무가 보고 싶었지만 거기까지 들어가볼 용기는 없었어요.
어쩐지 그러면 안 될 것 같고, 실례가 될 거라고 생각했어요. 그래서 단지 입구에 있는 낡은 놀이터 벤치에 앉아 조금 시간을 보냈어요. 수진 님이 가끔 마음이 답답해지면 그네를 탄다고 했던 게 기억나 저도 오랜만에 그네를 타보았어요. 그네를 타며 다리를 쭉 뻗자 마음이 한결 나아졌어요.

수진 님,

솔직히 고백하면 그날 그렇게 헤어지고 상실감이 너무 커서 저도 놀랐어요. 그날 이후 당신의 사진을 매일 백 번씩은 본 것 같아요. 그러고선 하루에 한 번씩만 덜 보자고 생각했어요. 수진 님에 대한 걱정도 하루에 하나씩 줄여갔어요. 생각해보면 우리는 늘 자신보다 상대를 더 돌보고 걱정했던 것 같아요.

시간의 흐름에 맡기면 저절로 괜찮아지는 게 얼마나 다행인가 싶으면서도 시간이 지날수록 이 감정이 희미해지고 우리 둘 다 언젠가는 괜찮아질 거라는 걸 안다는 사실이 저는 너무 슬펐어요. 이 고통이 언젠가는 반드시 끝난다는 것을 아는 것이 고통스러웠어요. 그 후에 찾아올 평온함이 좋아 보이지도 않고 기대되지도 않았어요.

그날, 각자의 길로 흩어졌을 때 절대 뒤돌아보지 않겠다고 다짐했었어요. 뒤돌아보면 수진 님을 놔드리지 못할 것 같았거든요. 그런데 한참을 걸어가다가 도저히 참지 못하고 돌아서고 말았어요. 수진 님은 이미 저만치 멀리 걸어가신 후라 잘 보이지 않았어요. 한참을 뛰어가서야 겨우 그리운 뒷모습을 다시 찾을 수 있었어요. 기뻐서, 너무 반가워서 온몸의 힘이 다 빠져버렸어요. 조금만 더 다가가 뒤에서 힘껏 끌어안고 싶었는데, 품에 안을 수만 있다면 영영 놓치지 않을 자신이 있었는데…… 발이 땅 위에 굳어 움직이지 못했어요. 저, 잘 참은 거…… 맞지요? 대신, 사랑한다고 있는 힘을 다해서 외쳤어요. 마지막으로 그 말이 꼭 하고 싶었어요.

수진 님,
사랑한다는 말, 그동안 마음껏 하게 해주셔서 정말 고마워요.

런던에서 틈날 때면 햄스테드 히스를 산책할 거예요. 겨울이 오면 나란히 함께 걸었던 앵글시 애비 겨울정원에 갈 거예요. 그곳 하늘을 올려다보며 당신의 행복을 빌 수 있도록 허락해주세요. 인사라도 하고 떠나야 마음이 놓일 것 같았어요.
많이 고맙고, 소중한 사람.
부디 마지막 인사를 받아주세요.

한솔 드림

1년 후, 수진과 혁범은 혼인신고를 했다

*

　수진은 종종 혁범과 혁범의 딸 희서를 만나 식사를 한
다. 간혹 두 사람은 희서를 짧은 여행에 데려가기도 한다.
　혁범과 전처 사이에 정리되지 못한 감정이 남아 있나
생각했던 것은 기우였다. 정원은 몇 가지 사업에 투자했다
가 썩 좋지 않은 상황을 겪었고, 상의할 수 있는 마땅한 상
대가 아이 아빠 말고는 없었다고 했다. 혁범은 전처에게서
받은 상처나 씁쓸한 감정을 뒤로한 채 가능한 한도 내에서

아이 엄마를 돕는 게 옳다고 생각했다. 혁범은 원래 그런 사람이었다.

수진은 시간이 흐르면 남녀 간의 상처나 앙금이 묘하게 풀리기도 한다는 것을 아이러니하게도 그들을 통해 배운다. 아주 가끔 아이를 껴서 셋이 함께 식사를 한다는 것도 안다. 수진은 개의치 않는다. 혁범이 기본적으로 관대하고 어른스러운 사람인 것을 이젠 받아들이기 때문이다. 예전에는 그 관대함과 어른스러움이 견딜 수 없이 잔인하다고만 생각했다. 하지만 그가 같은 실수를 두 번 하지는 않을 것이다.

*

매일 밤 침대에 누우면서 수진은 생각한다.

결혼생활은 때로는 행복하고 때로는 불행하다고.

*

우연히 길을 걷다가 키가 크고 마른, 순한 표정의 청년이 지나가면, 수진은 잠시 머릿속이 새하얘지고 몸이 굳는

다. 천천히 몸을 돌려 그의 뒷모습이 작아질 때까지 지켜보며 그날 그곳의 소란한 해 질 녘 풍경을 떠올린다. 고층 건물들 사이의 비좁은 뒷골목들. 오래도록 자리한 구멍가게 담벼락에 기대 담배를 피우던 사람들. 빌딩 건물에서 일제히 우르르 몰려나오던 금요일 초저녁 퇴근길의 직장인들. 그들이 풍기던 피로 누적과 해방감의 냄새. 골목길 안쪽의 모텔 주차장 쪽 출구로 빠져나와 큰길로 들어섰을 때 펼쳐진 그 모든 것들 사이에서 뻘쭘히 마주 선 두 사람. 붉은 노을에 눈이 부셔하면서 '먼저 가요'라고 가까스로 입을 떼던 너. 입을 꾹 다물고 등을 돌려 먼저 걸어간 나. 한참을 걷다가 참지 못하고 뒤돌아보았지만 그때는 이미 어둑어둑해져서 도저히 너를 찾을 수가 없었다. 거리의 가로등 불이 하나둘 켜졌지만 너의 모습은 더 이상 보이지 않았다.

사랑을 나누는 중에도 늘 근심 어린 표정으로 괜찮냐고 묻던, 사랑한다는 것은 그 사람을 걱정하는 것임을 알게 해준 그가 떠오르면 수진은 먹먹해지고 가끔 울컥한다. 하지만 그가 예견한 대로, 시간이 흐르는 만큼 기억은 서서히 하지만 확실히 옅어져간다. 어쩌면 무의식중에 지우려고 애쓴 결과일 수도 있겠다. 수진은 근본적으로 자기통제

력이 강한 사람인 것이다. 그러다가도 특정한 장소를 지나
칠 때면 또 그가 피부로 느껴졌다. 인간의 모든 행위는 '장
소'에서 이루어진다. 행여 그 '장소'가 사라져버린다고 해
도 우리가 그곳에 있었다는 기억만은 남을 것이다. 가을과
겨울이라는 계절을 이루는 바람과 공기와 비의 냄새 사이
에서 불현듯 어떤 익숙한 감각들이 되살아나기도 한다.

*

　수진의 서른아홉 번째 생일을 축하하는 저녁 식사가 마
쳐갈 즈음, 혁범은 지나가는 말처럼 "우리도 아이를 가질
까" 하고 불쑥 말을 꺼낸다.

　"더 늦기 전에."

　눈을 동그랗게 뜨고 놀라는 수진을 보며 그가 수줍게
한마디를 덧붙인다. 그것은 두 사람의 관계에 대해 혁범이
처음으로 내린 큰 결단이다. 많은 생각을 거듭했겠구나, 수
진은 그를 바라보며 말없이 미소 짓는다.

*

　마흔을 몇 달 앞두고 수진은 임신을 한다.

　자식은 계획에 전혀 없던 일이지만 막상 배가 불러 임신해 있는 동안, 수진은 인생의 그 어느 때보다 평온함을 느낀다. 노산이지만 무사히 출산한다. 혁범이 수술실에 들어와서 탯줄을 자른다. 아기는 남자아이다. 혁범은 상상을 넘어서는 모습으로 기뻐한다. 그런 그가 조금 생소했지만 그건 그것대로 다행이라고 수진은 생각한다.

*

　좀처럼 나이 들지 않을 것 같던 혁범은 착실하게 나이를 먹어간다. 그것은 같이 사는 수진의 눈에도 여실히 드러난다. 화장실 세면대나 하수구 망에 한 움큼 빠져 있는 머리카락이나 늘어난 눈가 주름, 둔탁해진 복부는 사실 중요하지 않다. 그는 지금도 성실하게 건축이라는 영역에서 주위의 인정을 받을 만한 성취를 이루고 있다. 그러나 한때 그가 지녔던 형언하기 힘든 강렬한 '빛'은 더 이상 어디에도 존재하지 않는다. 혹자는 나이가 들어 부드러워진 거라고 말할지도 모른다. 특별함이 평범함으로 바뀌었다고 표현할 수도 있겠다. 그게 무엇이든, 수진은 실망하기보다 이역시도 다행이라는 감정을 느낀다. 무언가를 얻으면 무언가를 놔줘야 하는 법. 다만 가끔은 그의 나이 듦이 낯설다.

수진은 자주 혼자만의 생각에 잠겨 있는 그를 발견한다. 화장실에 가려고 가끔 새벽에 눈이 떠졌을 때 그가 어둠 속에서 방 천장을 멍하니 보고 있다. 아이를 먼저 재우고 집에서 영화를 보다가도 슬픈 장면에서 왈칵 그가 울음을 터트린다. 그의 인생에서는 한 번도 없었던 일들이 하나둘씩 늘어나고 있다.

*

수진은 지금도 밤이면 자주 혼자 달리러 나간다. 돌아와 샤워를 마치고 드레스룸의 전신거울에 비친 자신의 나체를 유심히 들여다본다. 몇 가지 분명한 노화의 징조를 눈으로 똑똑히 지켜본다. 누군가의 눈에는 자신도 그 '빛'을 잃은 사람으로 보일 것이다. 자기연민이 아닌, 있는 그대로의 진실로 마주한다. 그리고 그 '빛'은 내 아이와 함께 있을 때만 발현되고 있을 거라고 그녀는 짐작한다.

*

강의가 없는 날이라 어린 아들을 놀이터에 데려간다. 아이는 다른 개구쟁이들과 신나게 뛰어놀기보다 놀이터 한쪽에 마련된 화단 앞에 쭈그리고 앉아 혼자 노는 것을 더 좋아한다. 별다른 특색도 없는 흔하고 적당한 계절 꽃이 심어진 화단이다. 어린 아들은 손으로 화단의 흙을 조몰락거리며 논다. 한번은 한참을 바라보던 노란 수선화꽃을 툭 하고 꺾어서 품에 꼭 안고 벤치에 앉아 있던 수진에게 환한 미소를 지으며 내민다. 어린 아들은 제 엄마를 오로지 기쁘게 해주고 싶은 마음뿐이다. 수진은 꽃을 꺾으면 왜 안 되는지 아이에게 차분히 설명하면서도, 속마음은 무언가 잘못을 했다는 생각에 엄마를 똑바로 보지도 못하고 울먹거리는 아이를 힘껏 껴안아주고 싶다. 수진은 풀이 죽어 눈꼬리가 축 처진 아들을 보며 불현듯 한솔을 떠올린다. 그의 더할 나위 없던 진심을, 완벽한 모양을 한 그 사랑을. 그리고 어쩌면 그래서 두려워했던 자기 자신을.

아들을 달래주고 어서 가서 더 놀라고 엉덩이를 톡톡 두드려준다. 언제 그랬냐는 듯이 아이는 용수철처럼 놀이터로 튀어나간다. 이번에는 어느 구석에서 발견했는지 강아지풀을 하나 뜯어선 엄마를 향해 다다다 뛰어온다. 구름이 걷히면서 정면으로 내리쬔 햇빛에 수진은 한순간 눈이 몹시 부시다. 반쯤 감은 눈 사이로, 흐릿하게 형체만 보이던 어린 아들이 어느새 코앞에 다가와 강아지풀을 수줍게 내민다. 이건 괜찮은 거지, 같은 못내 조심스러운 표정이다. 수진은 생긋 웃으며 강아지풀로 아이를 간지럼 태운다. 아이는 뺨과 목과 콧등이 간지러워 까르르르 웃음보를 터트린다. 벅차오르는 무언가를 애써 안으로 삼키고 수진은 어린 아들에게 유치원생이 되면 베란다에 작은 화단을 만들어 같이 꽃을 키워보자고 말을 건넨다. 아는지 모르는지

아들은 대답 대신 엄마의 목을 꼭 껴안는다.

소설의 초고를 한창 수정할 무렵에 코로나19가 발병했다. 세상은 하루아침에 달라졌다. 사람을 만나고, 가까이 다가가고, 어루만지는 일을 자발적으로 억눌러야만 했다. 각자의 자유가 다양하게 제한되고 사람들 사이엔 미움과 검열이 생겨났다. 숨 막히는 일들이 곳곳에서 벌어졌다. 이러한 절박하고 가혹한 환경 속에서 사랑에 관한 소설을 쓰는 일이 자못 사치가 아닐까 싶은 자괴감도 들었다. 이 소설을 쓰는 동안 많은 밤들을 먹먹한 마음으로 뒤척였다.

하지만 소설을 마무리해갈 즈음부터 생각이 달라졌다. 그 어느 때보다도, 현재 우리를 둘러싼 세상은 지금보다 더 많은 사랑을 필요로 한다고 믿게 되었다. 많은 것들이 불안하고 그 어느 것도 믿기 힘든 시대이기 때문에, 오히려 더 온 마음을 다해 누군가를 사랑하는 어떤 진심을 이야기하고 싶었다. 하물며 겁도 없이 다가서고, 계산 없이 이해하고, 상처를 온몸으로 떠안는 그런 한 치의 주저함도 없는 투명한 사랑 말이다. 진정한 어른의 사랑이란 그러한 '어린아이'의 마음으로 사랑하는 일임을 갈수록 확신하게 된다. 《가만히 부르는 이름》은 단 한 번이라도 그런 어린아이의 마음으로 사랑을 해본 사람들을 향한 헌사에 다름 아니다.

'나'보다 '너'를 연민하는 마음. '나'보다 '너'가 마음이 아프거나 상처 입을 것을 먼저 걱정하는 마음. '너'가 '나'의 마음에 보답해주지 못한다 해도 기꺼이 먼저 '나'를 내어주는 마음. '나'의 가혹함을 덜어내고 '너'의 취약함과 불완전함을 끌어안는 마음. 아마도 이러한 마음들이 다름 아닌 사랑의 감정일 것이다. 그것들은 우리 안에 존재하는 선하고 아름다운 부분을 이끌어내준다. 참 고맙고 다행이다.

사랑하는 사람의 앞에 서면, 우리는 늘 조금씩 긴장하는 것 같다. 행여 그가 부서지기라도 할 것처럼 조심조심,

부드럽고 사려 깊게 말을 건네려고 애쓴다. 사랑하는 사람의 이름 또한 세상 둘도 없이 소중하기에, 우리는 가장 애틋한 마음을 담아 가만히 그 이름을 부른다.

　지금 이 순간, 독자 한 분 한 분의 이름을 가만히 부르고 싶다. 당신의 안부를 물으며 힘겨운 이 시간들 속에서 우리 모두 참 애썼다고 다독이고 싶다. 그리고 소설의 주인공들처럼, 우리가 사랑하는 사람들에게 조금 더 그 사랑을 아낌없이 표현하면서 살아가자고 말하고 싶다.

　이 이야기를 쓸 수 있어서 행복했다.

2020년 가을,

임경선 드림

가만히 부르는 이름

ⓒ 임경선 2020

초판 1쇄 인쇄 2020년 9월 28일
초판 1쇄 발행 2020년 10월 12일

지은이 임경선
펴낸이 이상훈
편집인 김수영
본부장 정진항
문학팀 김준섭 김수아
마케팅 천용호 조재성 박신영 조은별 노유리
경영지원 정혜진 이송이

펴낸곳 한겨레출판(주) www.hanibook.co.kr
등록 2006년 1월 4일 제313-2006-00003호
주소 서울시 마포구 창전로 70(신수동) 화수목빌딩 5층
전화 02-6383-1602~3 **팩스** 02-6383-1610
대표메일 munhak@hanibook.co.kr

ISBN 979-11-6040-426-5   03810

* 책값은 뒤표지에 있습니다.
* 파본은 구입하신 서점에서 바꾸어 드립니다.
* 이 책의 일부 또는 전부를 재사용하려면 반드시 저작권자와 한겨레출판(주) 양측의
  동의를 얻어야 합니다.